净脸

陶丽群 著

天津出版传媒集团
百花文艺出版社

图书在版编目（CIP）数据

净脸 / 陶丽群著. -- 天津：百花文艺出版社，
2022.10
（百花中篇小说丛书）
ISBN 978-7-5306-8323-1

Ⅰ.①净… Ⅱ.①陶… Ⅲ.①中篇小说-中国-当代
Ⅳ.①I247.5

中国版本图书馆 CIP 数据核字(2022)第 139915 号

净脸
JING LIAN
陶丽群　著

出 版 人：薛印胜　　选题策划：汪惠仁
编辑统筹：徐福伟　　责任编辑：齐红霞
特约编辑：王亚爽　　装帧设计：任　彦
出版发行：百花文艺出版社
地址：天津市和平区西康路 35 号　　邮编：300051
电话传真：+86-22-23332651（发行部）
　　　　　+86-22-23332656（总编室）
　　　　　+86-22-23332478（邮购部）
网址：http://www.baihuawenyi.com
印刷：山东临沂新华印刷物流集团有限责任公司
开本：700×980 毫米　　1/32
字数：41 千字
印张：4.375
版次：2022 年 10 月第 1 版
印次：2022 年 10 月第 1 次印刷
定价：32.00 元

如有印装质量问题，请与山东临沂新华印刷物流集团有限责任
公司联系调换
地址：山东省临沂市高新技术产业开发区新华路 1 号
电话：(0539)2925886　邮编：276017

陶丽群 / 作者

女,壮族,广西百色人。鲁迅文学院第十五届高研班学员。小说、散文多次被《小说月报》《小说选刊》选载。小说《起舞的蝴蝶》被改编为同名电影。曾获全国少数民族文学骏马奖、民族文学年度奖、广西青年文学奖、广西少数民族文学创作花山奖等奖项。现为中国作家协会会员。

一

中秋的阳光闪亮在万物之上时，莫老太才出门。去年惊蛰之后，她再也不能像往年按时把铺垫的老棉絮从床上翻走，她就知道生命又进入一道新坎了。冬天的夜晚不再让她轻易感到舒适的暖意，总是需要她把白天的事情，渐渐至半生的事情慢慢回忆，时间变得越来越长，直至老棉絮扎的粗布被套渐渐暖和起来，她才能在柔软的暖和里慢慢沉入睡眠。她知道不是棉被日渐稀薄，而是肉身变得需要更多的暖意，她生命中的热量在日渐遗散。这是无法避免的，没有人能避免。莫老太见过太多的死，对于生命最后的归宿，早习以为常。

她对温暖变得格外渴望起来，喜欢阳光灿烂

的日子。伸出手，阳光在掌心上跳跃，温暖透过掌心的皮肤渗进骨肉里，驱散体内暗暗滋生的一寸一寸冷。

昨天傍晚，夕阳初显时，一个嘴唇上长着一层浓密绒毛的十四五岁的少年，带着抑郁的神情走进她的家门，请她到后山的姜村去给自己的母亲净脸。莫老太正在后院收拢白日晾晒的被子，她抱着棉被，望着尚未长成型的孩子，叹了口气。一般由长子来请，莫老太在家里接待过五六十岁的长子，也接待过尚还在襁褓中由人抱来的长子，不管是前者还是后者，死别的悲伤于他们来说都不会过于强烈。前者经历世事，对人生死已然接受，不会过于哀恸；而后者甚至连悲喜都尚未感知，于他们，莫老太一般不会有太多哀怜。独独对这样半青不熟的长子，她内心总是充满难言的怜爱。他们的生命尚处于对生死半知不解的阶段,尤其是对死,既新奇,又充满疑虑和恐惧,死亡的骤然降临,最终会变成恐惧,像阴影一样长久笼罩在他们内心。死亡不应该这样过早困扰一个正在成长的蓬勃生命。

少年想要给莫老太行磕头礼,这一定是长辈教的,她急忙腾出一只手捉住他的胳膊,挽住他已经下坠的身体。他穿一件淡蓝色短袖衫,扣子扣得整整齐齐的,是个循规蹈矩的年轻人。劫难笼罩在他身上,但蓬勃的生命力并没因此离开他,饱满的脸颊上晕染一层淡淡的健康红晕。

"坐下!"她说,并把少年推到背靠椅上。她想了解更多,他妈妈的年纪,生命因何种疾病而过早消逝。家中尚有何亲人。但最终她什么也没问,没有意义。她给少年下了一碗煎蛋魔芋粉丝。莫老太极少在家待客,多数人也忌讳她的家。但少年身上的蓬勃朝气和落落大方让她心生怜爱。母亲的卧病一定让他缺失衣食上的照管，父亲是指望不上的。少年很快被美食诱惑，埋首面碗，贪婪地吃起来，逼近的灾难被他暂时遗忘掉了。她仔细询问病人的情况，得知一时半会儿走不了，答应他明天中午一定去。对于死亡，每个久病之人都有预知能力，到时候了，他们便会嘱托孩子前来请她。当然也有一些执迷不悟的，分明感到死亡的阴影已经逼近生命里，却依然贪恋某一件人间隐秘物件而不肯见她，这样的人往往会带着一张沧桑斑驳的脸面和一身世俗之罪离开人世。

莫老太站在家门前，目送少年在渐渐浓郁起来的夕阳里朝山路上走，身影渐渐小起来。人被扔到山上，便显得小了，最终成为山上的一抔黄土。浓郁的夕阳瑰丽无比，让人不忍想到死亡，而它一刻不曾离开人间。

暖风吹过。闪亮的阳光让莫老太感到暖意在身体里一寸一寸延伸，像流淌在身体里的血液，她渐渐感到舒坦，脚步也变得轻盈起来。这具日渐老迈的躯体几十年来一直忠诚于她，极少给她带来困扰，偶尔一些诸如膝盖酸痛和头昏脑涨的小毛病，通常被她一把草药煎水服用治好了，她从不上镇上的医院。对于病痛，她看得和生死一样，该来的会来，没有必要与它们大动干戈。初秋的谷物在山梁上已渐渐成熟，黄豆、花生、玉米、南瓜、冬瓜、魔芋，渐渐往黄处走，风里已经开始有了谷物的香气，等深秋的霜冻一下，就该收仓了。有人影在山上移动，穿梭在谷物之间。人活一世，草木只活一秋，人却毕生在草木间忙活。腰间配着镰刀盒子的村人从山上下来，腋下夹一截白生生的芭蕉心。这东西可以炒来下饭，跟野菜差不多。来人渐渐走近，在莫老太前面定住。

"太婆，上山去？"是个妇女，脸被晒得赤红。山里人把出门干活儿叫上山去，地都在山上，活儿也在山上。

"出门。"莫老太简短回答，在闪亮的阳光下眯起眼打量来人。

妇女凛然一怔，在烈日下冷不丁打了寒战，脸上略过惊惧的神情。她一时不知该说什么，片刻后慌乱抓下腋下夹着的芭蕉心，从腰间的镰刀盒子抽出镰刀。

"地里的芭蕉死了，剥了截芭蕉心，太婆拿去尝一尝。"说着，镰刀刃就搁到那截芭蕉心上。

"你留着，"莫老太制止了她，"我受不了这口，吃了烧心。"她朝她摆摆手，妇女的动作凝滞在弯起来的手臂上，目光在阳光下闪闪发亮，然后她朝旁边稍稍侧身，让莫老太过去。其实山路很宽，无须避让，但莫老太是在"出门"。她有一套符合她身份的语言,出了家门,干活儿去叫上山,若是去赴一场死亡的邀约,不巧被人问及,就叫"出门"。生命的消亡当然令人敬畏,死亡是沉重的,人会本能避让。

农妇一直站在原地,灵魂出窍般的。她刚才还在地里为亲手种出来的丰硕谷物欣喜,转眼死亡的阴影便站在面前。她茫然无措地望着莫老太慢慢走上那道山梁,拐个弯,不见了。

姜村就在山脚下,包围在一片山里,缓缓下了坡,有一个人坐在村头的地头水柜边上,晃着两条腿。那人看见顺坡而下的莫老太,抖动的腿停住了,从水柜上跳下来,三两下便跑到她面前。是昨天傍晚的少年,今天换了件灰色的圆领短袖衫,胸前印有一匹扬蹄奔腾的白马。

"妈叫我来等你。"少年垂着头,像犯了什么错。她示意他在前面带路。他们安静走着,少年失去了昨天的落落大方，在前面小心翼翼下脚带路，像怕惊扰身后人。走几步折回身，望向莫老太的目光充满惊惧。

病人是位不足四十岁的妇人，纸片人似的卧在棉被下，枕头上散乱的头发倒还浓密如墨。她闭着眼睛，几乎觉察不到呼吸，眼圈和嘴唇一样青黑，脸上一层黄皮裹着骨头。模样还是清秀的。莫老太只瞧了卧床的人一眼，便知道也就是这两天的工夫了。

屋里有干八角的清香味，是从挂在床尾的一串八角散发出来的，它的香味可以驱散空气中的不洁气味。少年想叫醒床上的妇人，被莫老太制止了，她在床边的椅子上坐下。良久，病人沉缓睁开眼帘，定定瞧着她，像在辨认。

"太婆来了！"软软的声音，无力的，像根一拽即断的弦。

莫老太点了点头："你觉得怎么样？"她握住从被子下挣出来的手。她知道那只手在找她。只有预知并已经向死神妥协的人才会主动向她伸出手。手是湿冷的。

"这两天不怎么疼了，肝疼。"病人沉缓地挪动嘴皮，"我一直在睡觉，做梦，梦见我奶奶，我就知道到时候了。"她的嘴角动了动，似乎想笑，"我是不怕的，只是孩子还小，要遭罪呀。"

"这不是你该操心的，我们生下孩子的那一刻，他就有了属于自己的活路了。"莫老太握住那只汗津津的手。有的人会在临近的最后那一刻一言不发，这样的人多半是经历太多疾苦，对于生，已然无言可诉，死于他们是一种彻底解脱。

病人闭上眼睛，累极了似的摇摇头。

"孩子，你准备好了吗？"半晌，莫老太轻声问妇人，握住妇人的那只手暗暗使了力。

枕头上的脑袋轻轻动了一下。莫老太起身出了房间。胡子拉碴的汉子站在房间外的厅堂里，背上伏着一个四五岁的女娃娃，耷拉着脑袋，睡着了。汉子见莫老太出来，喃喃地说："才半年，这才半年的。"

　　"柚子叶，剪刀，都备下了？"莫老太问得直截了当，一切的怜悯都无济于事。汉子点点头。少年端出来一盆热水，柚子叶和剪刀浸在热水盆中，他跟在莫老太身后进了房间。床上的妇人一直睁眼看着这一切，她的目光落在少年身上，干燥的眼角开始渗出泪水。

　　并没有太过复杂的过程。柚子叶清尘除秽，剪刀剪掉人间三千丝烦恼，人们深信它们合起来能变成神奇的力量，清除掉凡尘俗世中人的一切疾苦以及罪过，清明骨肉，洁净灵魂，澄明去往另一个世界。

人还活着,是不需要念净脸咒语的。莫老太接过少年递来的浸了柚子叶水的毛巾,开始为卧床的人擦洗。脸,脖子,后颈。揭开被子,把妇人上身的衣物褪去, 干瘪的身体卧着一个鼓胀的肚子,一层薄皮绷得紧紧的。妇人的手轻轻抚摸了一下肚子,泪水从她的眼角滑落。她还能配合莫老太,转过一个因久卧而发皱的后背给她净身。她的身体还算干净,没有明显的异味,显然她遇到一个大体上还算贴心的男人,没让她短暂的生命遭太多的苦。

一切都在默默进行, 生与死在悄无声息更替。屋外阳光灿烂,山风在吹,山上的粮食在成熟,街巷传来各种与人相关的声音,人间的烟火一切如常,看不见死神的脚步经过。与出生相比,生命的结束显得过于寂寞。这样的场景,莫老太早已习以为常。无论一个生命的过往如何蓬勃与繁华,享受过何种大富大贵,到这最后一刻,只能一个人孤身上路,无可替代。

少年的喉咙里忽然冒出隐忍的呜咽,逼近的死亡使他瞬间成长,无须过多的教诲。他接过莫老太递过来的毛巾,在热水盆里清洗,拧干,再递回去。

汉子捧着干净的衣物进来,床上的妻子已经洁净一新,默默含笑,似乎那盆水已经带走了她的疾病和忧虑。

莫老太从房间里退出来,让亲人为她着衣。堂屋的饭桌上放置了一盆浸泡了柚子叶的清水,旁边是半碗清亮透明的生茶油:那是为她净手而准备的。女娃娃立在饭桌边,小脸上带着刚睡醒的红晕,两只细眼睛固执地盯着莫老太。

"叫什么名字?"莫老太站在桌边净手,目光落在女孩乱蓬蓬的小脑袋上。

"妈妈怎么了?"女孩很敏感,目光充满戒备。

莫老太沉默着。真相对于每个生命都是平等的,她不想撒谎,也不想找任何借口给予小女孩安慰。擦干净手上的水,她开始往手上抹生茶油。她的双手清洗过无数即将失去或已经失去生命的躯体,那些躯体带着疾病,这层生茶油能清除掉由于接触病体而产生的污秽。实际上她并不介意,她更愿意把这最后的涂油当作整个净脸的一部分。

汉子把净脸礼给她,封在一张红纸里,封口的米饭粒还湿着。莫老太坦然接过,这是她应得的,这是净脸的赐礼,她是生命最后的摆渡人。

午后的风暖和,深山里的天空高远,没有一丝云,阳光亮得耀眼。已经做了四十多年的净脸,经历过太多死亡,每次净脸结束,莫老太还是会感到徒然而来的空,那种空旷虚无的空填满她的内心,她觉得只是一副空空的躯壳在行走,轻飘得可以不用迈动脚步。无论如何,她是敬畏死亡的,死亡让她感到孤独,没有人能了解一个净脸人的孤独。人们认为她们身上有神秘的力量,她们能和死亡交流,她们的内心比常人更坚强,她们的命格比常人更硬。

莫老太轻飘飘地走在巷子里,一阵恍惚,她站在一条分叉的巷子前,努力聚拢飞散的思绪,努力辨认,终于走进一条窄小的巷子里。没错,就是这条。她前年来过这个村庄,当然,之前也来过,这是无法避免的。阳光被挡在巷子之上,巷子里一片清凉,老人和狗坐在家门前,静悄悄的,时光无声无息的在他们身上流淌。她顺着巷子往里走,在一个围着矮石墙的院子前停下来。那棵夹竹桃还在,枝叶从矮墙上伸出来,只有最顶部的枝叶才接触到一簇闪亮的阳光。院门闭笼,莫老太轻轻推门而入，一眼就看见屋檐下靠墙而坐的老人，老人脚边的椅子上放着一碗水，黑白格子头巾把小小的脑袋包得结结实实的，垂着头，仿佛在凝视地面上什么东西，脸上的神情平静。院子里的阳光已经开始西斜，从老人身上渐移渐远，她完全置身于阴影当中。莫老太的脚步落在泥土院子里无声无息，老人还是警觉地抬头，目光混沌而凝滞，视线之内是一片白雾，一团模糊的黑影在白雾里朝她移动。

"我闻到了生茶油的气味！"她直视前方，脸上的神色是严厉的。

"是我！"莫老太说，她走过去在她身边坐下来。

"我可没请你来，你来早了。"老人伸出手，摸索着朝她伸过来，语气很不客气，脸上的表情却是欢喜的。莫老太抓住那只硬邦邦的手。她们都有一双同样的手,给无数即将逝去的灵魂带去最后的抚慰和洁净。

"你手上的茶油还没干,是谁?"老人问,脸对着莫老太,双眼空茫无物,它们已经看不见好几年了。

莫老太说出少年母亲的名字。两位老人一时相互握着手沉默着。她们并不常常见面,但彼此关切。在这片古老的山里,几乎每个村庄都有这样一位老人存在,人们把生命的临终时刻交付与她们,如同将初生的生命交与父母。她们当然不是一下子就老去的,像金子一样的葱茏年华也曾光顾她们,但她们常常比一般人遭遇更多的厄运。没有任何的机缘巧合,厄运就是最好的安排,令她们走上了这条令人敬畏而寂寞的抚慰死亡之路。

"你有一阵子没来这个村庄了,有一两年了,我真想看看你，我的天数是一天比一天少了，不过我并不怕，没什么可怕的。"老人说，慢慢摩挲到莫老太两个光秃秃的手腕，她低下头，仿佛双眼还能看得见。

"总是会来的。"莫老太笑起来，她对这个比她大十二岁的老大姐充满敬畏。如今老大姐老了，她见识过老大姐年轻时的容颜，一晃，老大姐已经老得看不见活了一世的尘世的模样。她是她带出来的，她帮助她克服掉对死亡的种种恐惧，告诉她死亡的真相，也告诉她生活的真相。

"那没什么。"这是老人的口头禅，老人总是以一种在莫老太看来极为超脱的目光和心境对待一切。

老人闻言笑起来，脸上是一副童真模样，她常常在她面前流露出这样的表情，里面含有一点看人笑话的表情。她当然明白她的意思。

"今天有点累。"莫老太说,那种被掏空的感觉依然没有离开,那两个尚未成年的孩子像极了两枚还挂在枝头、沾着晶莹露水的青果。

"你的心还是太软了。"老人叹道。

"人还很年轻。"莫老太轻声说。

"命都是有定数的,这么说你到现在还没有明白这个道理?"老人的语气里有责备,但并不严厉。

莫老太沉默。年轻生命离世,总免不了让她心生悲伤。她极少在人前流露出这种情绪,人们也不想看见她满脸沉痛地为他们的亲人净脸。他们需要从她身上看到镇定自若,看到生死如常,看到肃穆和尊重,这会给即逝者和他们的亲人带来慰藉和力量,消除他们对即将来临的死亡的恐惧。因此她总是一副面无表情的样子,在那样的时刻,她的情绪从来都不在她的脸上。

老人摸索着要站起来，莫老太连忙扶住她，以为她要上茅房。老人双眼虽然看不见了，但院子以及房间里的一切，她了如指掌。

"你坐。"老人制止莫老太，扶着膝盖站起来。也许是坐得太久，她的两个膝盖在沉寂的时间里僵硬了，站起来时膝关节发出很大的嗒嗒声响。她朝房门那儿走去，默数脚步，准确抬脚迈过门槛，隐进门洞里。

村里的房子都是石头块砌起来的，山里唯一不缺的就是石头，人住的房屋，牲口圈，围墙，屋门前的垫脚台阶，全是笨重而规整的大块石头。这种石头砖很难凿刻，一座房子，需要你带着年幼的儿子不断在山里选料凿刻，再把笨重的石头砖从山上背下来，往往要到年幼的儿子即将成家立业时，才能备好所需石料。古老的房屋代代相传而来，在多年的四季风霜中，屋墙的石块有了一种凝重而固执的深黑色,像包含一个个家庭不为人知的隐秘。靠近墙脚的地方,梅雨季节时往往会蔓延上半米高的鲜绿色的苔藓,饱含水色,一两个晴天后,苔藓便慢慢干枯变成灰黑色,边上蜷曲,被迟缓的山风一点点剥落,墙脚便会呈现出半截不同的干燥的白色。单单看房子的表面,你无法辨别房子里的这一代人和上一代人有什么不同。房子是同样的房子,山上的地也是祖宗开辟传下来的,地里种着永远不变的粮食,也许夜晚祖宗做过的梦,儿孙们也一代代做下来。

阳光慢慢西斜,院子里的空气渐渐清凉下来,带着暮色来临的气息。院子里干净而沉寂,从村庄深处偶尔传来一两声声响。没有哪一个村庄会漠视一个净脸人的晚年。她们无儿无女,没有伴侣,一辈子素食,人间的日常天伦和她们没有任何联系。待她们老得再也拧不动浸了柚子水的毛巾为即逝者净脸时，村庄里的每一户人家都是她们的家，每一个人都是她们的亲人。几年前，这个常年沉静的院子主人再也看不见任何可以触摸的事物后，她成了村里每户人家最令人敬重的长辈。主妇会轮流奉送一日三餐，为她清洁屋子、铺盖衣物。这是她该得的，她心安理得地享受着村人给予的一切关照，安静地等待生命最后时刻的来临。她唯一的遗憾是，终其一生，没能为这个村子物色和培养一个能够接替她的净脸人，这需要机缘，不能强求。这些年来，莫老太"出门"的村庄越来越多了，老一辈的净脸人上了年纪，再也无法进行净脸，村里人便开始请村外的净脸人，如若时光倒流回到十年前，这简直是令人无法想象的事情。在这片深重的山里，净脸人虽然都操守一套共同的规矩，终究也是外村人，不知道根底，其为人性情、规矩操守程度，一无所知，怎能将亲人在人间最后的礼仪交与他手?

莫老太站起来,朝屋里走去。屋里的光线比院子昏暗,阴凉、沉寂,简单的摆设,寥寥无几的几件古老而陈旧的木质家具,是山上普通的树木打造而成的。没有神堂,没有任何活物,这些是不允许的。屋里简洁干净得给人一种近乎萧索的感觉,可以看得出主人在平时生活上的严苛和自律。几件灰黑色的衣物搭在一把高高的背靠椅上。老妇人一辈子都穿这种肃穆而沉闷颜色的衣物,这成了她生命的底色,莫老太从未见过她身上有任何稍微光鲜一点的色彩。她的生活乃至生命中没有任何鲜活的东西。四十八年前,老妇人的丈夫、一对尚年幼的儿女,在山脚下一个简易的守瓜棚里,毫无征兆地遭遇一场山体滑坡。那简直是整座山的倒塌,庞大而罪恶的赤色泥土结结实实覆盖在那个瓜棚上,瓜棚不见踪影,连那片种瓜的地也不见了边缘。劫难来得如此突然而巨大,把她过往的生活埋葬得一干二净。至今,她的三个亲人依然埋在那山底下,山上草木遵循四季枯荣,再也看不到任何劫难的踪迹。劫难一直在老妇人心里,她成了一个与世无争的净脸人,毕生给那些即逝者带去人间最后的慰藉。她说这是宿命。

像是站在时间最深处一般宁静,这间简洁的石头房子里透出的肃穆而凝重的气氛,是她所熟悉的。莫老太放心了,屋里的迹象表明老妇人目前的生活和以往毫无二致,尚在人间的安适之处,她多么担心老妇人忽然不辞而别,毕竟老妇人已是八十岁的高龄老人了。

莫老太默默退到屋外,一种清冷的气息使她不得不退出来。她重新坐回椅子,阳光已经从夹竹桃顶上褪去了,留下一冠黑油油的绿。黄昏渐渐从村庄深处浮上来,清晨和黄昏的村庄像一个满怀心事的人。

老妇人从幽暗的门里出来,慢慢但利落地回到莫老太的身边坐下,右手捏着一只闪烁暗哑光泽的光面银手镯。她摸到莫老太的手,把银手镯套进莫老太的手腕。

"我戴了四十几年,如今再也不需要戴了。你得有这么一个东西,我早就对你说过了,我们做这一行的,身上必须戴点东西。"老妇人说,脸上的神情不容拒绝。

"我不忌讳这些。"莫老太握住老妇人那只手,触到银手镯一抹温润的冰凉。

"戴上!"老妇人不容辩驳。

就是一只普通的光面手镯,有合口,山里大多数妇人的手腕上都会有这么一只, 不薄不厚,夫家给,或娘家给,戴在身上,就是一种规矩套在身上,一种日子过在身上。莫老太一生也没戴过它。手镯略显宽绰,很容易就套进手腕,她在合口处按了按,收小圈子。

沉甸甸的感觉。

两个老人坐着,天高地广般的沉默和孤独陪伴她们。

"霞光,你有没有怨恨过我?"半晌,老妇人像是喃喃自语般开口。

"你怎么会有这样的想法?我一直都做得挺好,是不是?"莫老太语气温和地说。

"我一直觉得你不适合干这一行,但转眼你也老了,我知道你是熬过来的。"老妇人脸上浮现出面对一个问题束手无策时的苦恼神情。

莫老太沉默了。

"你心里一直有热气,有一团热气,你骗不了我,但你还是熬过来了,"老妇人说,"我有时候很怜惜你，老妹妹，假如当初我不带你走上这条路……"

"那我的骨头早就泡在莫纳河底了。"莫老太飞快地说，想要给老妇人一个有力的安慰。

"那是你自己说的，我相信我的双眼，没有任何东西能逃得过我这双眼。"老妇人笑起来，"幸好你熬过来了。有些事情，不管你甘不甘心，最终宿命会带你走上该走的路，你在这条路上无病无灾，这就是你该得的福，对于我们这样的人来说，不能奢望更多了。你要知道，不是每个人都适合干这个。"

"我明白的。"莫老太边说，边抚摸手腕上的银镯子。山里人相信银子能辟邪，驱污秽，可到底什么才是真正的邪和污秽？假如它们在人的心底，又怎么能够去防？她在许多事情上的看法和老妇人相悖，但她从不和她辩驳。也许她那些异议的想法早就被老妇人看出来了,所以老妇人才说她的内心一直有热气。

黄昏的风若有若无地从简陋的院门外灌进来,带着村庄的各种气息。开始有铃铛的响声从村外远远传来:那是早上放出去的牛羊开始从山上慢慢返回来了,它们对一天当中的时间判断和人一样准确,归来的路途是熟悉的,脚步是从容不迫的,和一个在山上劳累了一天的山里人回家没什么两样。

"我该回去了。"莫老太轻声说,黄昏的空气中开始泛起凉意。

老妇人再一次摸索过来握住她的手,摸到那只套在她手腕上的银镯子,放心了。

她们没有任何告别的语言。两个老人站起来,老妇人拉着莫老太的手,朝院门走去,在院门石头砌的门槛前停下。

门外的巷子里有两个孩子在奔跑,尖叫声落在屋顶那些古老的瓦片上。

"走吧。"老妇人平和地说,那双空茫的眼睛转向莫老太,松开那只攥着她手腕的手。

二

　　暗夜来临,黑是慢慢开始从山脚下蔓延开来的,仿佛是从地底下钻出来。山脚下的房屋、人、牲畜,屋后的菜地、竹子、蓖麻,最先模糊了影子,最后毫不犹豫陷入黑暗中。而半山腰依然在发出朦胧的光亮,依稀可以看见山腰上镰刀似的弯而窄的土地,种植玉米、黄豆、花生、芋头、木薯、芭蕉,当然,地头还有隆起来的完全被杂草覆盖的坟墓。三月初三挂上去的白色招魂幡早被风雨吹落了,只剩下坟头上一根光秃秃的挑幡棍子,半掩在茂盛的杂草中。晚风吹来,从它的身上跑过,它也挂不住风。半山腰通常要黑得慢一些,像一个迟暮人蹒跚的步子,拉拉扯扯,犹犹豫豫,当山上的庄稼也看不见时,夜晚便真正来临了。半山腰的黑是真正的天黑，而山顶即便到黎明之前，也永远是一副朦朦胧胧的模样，可以清晰看见山头的剪影印在苍茫的夜空上。

村庄的夜晚是静谧的，并非没有任何声音，虫鸣，狗叫，娃娃哭，拌嘴，零零碎碎在夜晚响起，然而这些声响把夜的静谧衬托得更加深沉。静谧是村庄古老的底色，深邃浑厚，像村庄久远的往昔。人的生命是从夜晚开始繁衍的，人的灵魂也是从夜晚离去的⋯⋯

莫老太通常会闭合了大门，坐在厨房门口。那儿出去就是菜地了，菜地之外是莫纳镇的莫纳河，从越南那边蜿蜒而来。在夏季雨水频多的日子，那些带着水汽的湿润气息从河里攀升上来，穿过菜地，灌进厨房，有河水淡淡的水藻味，菜花的清香味，泥土潮湿的土腥味。

莫老太喜欢这些味，它们和夜晚黏稠的黑色

混成了夜晚的气息。二十年前,她把晚餐戒掉了,进入黄昏之后的时光对她来说变得宽裕起来。她的屋子总是干净整洁的,屋后的菜地碧绿葱茏。那是一块并不大的菜地,她依循四季更迭选种当季蔬菜,春天的瓜苗、夏天的油菜、秋天的灯笼椒、冬天的胡萝卜,而在菜地朝阳那一角,永远有一片席子大的红得触目惊心的小米椒。她从不饲养任何活物,这是对一个净脸人的规戒。牲畜的生命也是生命,它们像人一样有七情六欲,会发情,求偶,交配,孕育,分娩,哺育,和人一样繁衍生息,而这个过程会搅扰净脸人已经远离俗世红尘的心绪。净脸人的孤独是彻底的。

夜黑下来,夜空高远,风凉且迟缓,星星舒朗。晚饭戒掉了,但莫老太喜欢喝两口。喝酒是允许的,酒在这片山里也是避秽的食品,能洁净人的三魂六魄。屋里的灯火没有点亮,各家间隔并不算太远,邻居的灯火在芭蕉叶间闪烁。莫老太喜欢沉浸在沉寂的黑夜里。半碗冬雾一样白的玉米酒搁在旁边的椅子上,没有任何仪式,像喝水一样,莫老太就着黑夜慢慢饮。她的酒量并不大,半碗就够了。玉米酒的度数通常不会太高,醇厚芬芳。夜晚静静流淌,人慢慢微醺,在轻微的眩晕里,莫老太感到一阵轻盈,她的双脚慢慢离地,像踩在柔软的棉花上,整个人飘了起来。通常这个时候,他们就出现了。他们不是一个个的人,而是一张张的人脸,在暗夜里重重叠叠出现,一张接着一张,像排着队来看望她,带着已然放下尘世过往的纯粹的笑。她当然认识这些脸,她为他们净过脸,她是他们最后的慰藉。漫长的四十多年的净脸生涯中,她为无数人净过脸,但她没能将他们忘掉,他们变成了她生活中的一部分。此刻,在微醺的暗夜时刻,他们来了。没有言语,静静地出现在她面前，从容不迫的，默默瞧着她。她在黑暗中朝他们点点头，像对一个个多年的好友。她甚至记得为他们净脸时的一些交谈。

"你终于来了！"

"嗯。"

"我这几天一直在等。"

"不要害怕，一切都会好起来的。"

"我明白，我早就想明白了，没有任何人能比一个困在床上的人更能明白生死。"

"这是不可避免的，没有人能避免，只是时间早晚，我们没必要太在意这个。"

"谢谢你。你知道吧，以前我可真怕你，觉得你有一双把我们推向死神的手，现在才知道我是多么需要你这双手。"

"你心里有所执戒，只有我这双手才能帮助你。"

"我明白的,那么,请你开始吧。"

太多的人到了生命最后一刻,已经无所争执,平静接受生命最后的礼仪。净过脸后,他们焕然一新,疾病和疼痛离开了他们,一生中看得见的信誉看不见的罪孽也离开了他们,这是另外一个生命,即将结束,也即将开始。

"你们来了!"莫老太在至暗中自言自语,慢饮,让那缕微醺变得越来越醇厚,带她到另一个世界。那些脸静静瞧着她,真实得像她白天见到的任何一张熟人的脸。

"其实你们不必来,我终究也是要到那边去的,我对你们说过了,这只是时间上的早晚,我从来不介意。"她和蔼地说,朝他们笑笑,玉米酒的芬芳从她的胸腔泛上来。她原本是滴酒不沾的,甚至连葱姜蒜这样稍有味的调料都不碰,那是年轻时候的事情了。年轻时候? 她犹豫着思索了一下,很快一阵眩晕袭击了她,脑袋里像有一个固执的念头在旋转,她轻轻摇头,把那念头从脑袋里摇掉了,继续对视浮现在暗夜里的那一张张人脸。

"有时候我觉得,你们任何一张脸,都比活在这世上的任何一个活人的脸更干净更让人放心,你们心里再也没有任何恶念,恶念全被洗掉了,没有恶念的心是干净的,像这玉米酒一样。"她的声音变得微弱起来,像一缕若隐若现的微火,她瞧着那些人脸,在黑暗中低下头,"你们临死前对我说各种各样的话,包括你们从未对人说过的埋在心底的罪过。你们其实知道拥有一颗干净的心和灵魂对一个人来说才是最重要的,但这样的清醒直到生命即将离去时才拥有,这不仅是你们这些死人,也是活着的人的悲哀。"她的声音变得更低了,像一声轻微的叹息落入暗夜深处。

一阵夜风吹过来，那些人脸晃动了一下，消失了，像被夜风吹走，风过，夜安静下来，他们又出现，只看见脸，好像整个人就是这张脸，一张张悬在莫老太眼前。莫老太冲着他们小声嘀咕，她早就习惯这样自言自语，黑夜是她的另外一副面孔。那些常年低徊在她心底的话在这副面孔下得以宣泄。

"嗯，你们瞧，"她在黑暗中举起双手，"这双手，给予你们最后的洁净和慰藉，但是从没人温暖过这双手。它们在冬天靠炉子里的火取暖，我靠它们抚摸从我身上流淌过的四季，在冬天，我这双手上上下下抚摸我自己，连我稀疏的头发都没落下，它们不知它们从哪一年开始变白，但我知道它们已经白很久了。我真担心啊，摸到某一块连火都焐不暖的骨肉。你们这些人懂的，是吧？虽然我从未对你们说。如今我的脚在夜里不再轻易暖和了,它们一年比一年冷,这我是不怕的,我一直在等,人总是要死的,人死了怎么能不净脸?除了那些不幸夭折的小毛头,我还没见过哪个人死了不需要净脸的。我在等着净脸那一刻来临。不,你们这些死鬼都误会了,不是给我净脸,不是那样的。"莫老太在黑夜里发出一声悲怆的笑声,咽下最后一口冰凉的玉米酒,朝那些人脸摆了摆手。

夜深了,露水浓重,那些远远近近的灯火渐次熄灭,村庄陷入巨大的黑夜中,安静得可以听见季节朝深处走去的声音。

"谁说没有人在黑夜里行走?你们不就是在黑夜里行走吗?死去的人在黑夜里行走,活着的魔鬼也在黑夜里行走,这你们知道,我也知道。"莫老太再一次朝人脸们摆摆手,"但天总会亮的!"人脸们被天亮给惊慌了,他们意识到会面该结束了,于是慢慢遁入黑夜中,最后消失了,黑夜黑得纯粹而深邃。莫老太扶着门框站起来,那点眩晕也消散得差不多了。她闻到了落在菜叶子上的露水的清凉味。腿脚像生了锈。她拍着麻木的腿脚,感觉到气血在缓慢流向冰凉的脚板。片刻后,她最后深深呼吸了一口带着露水的屋外空气,在黑暗中拖着沉重的步子返回屋里。所有的人都进入梦乡了,她也该让睡眠滋润日渐干枯的生命了。

净脸人屋子里最后的一点声响匿去,夜深沉起来。

最后一个睡去,最早一个醒来,像一个村庄的守更人。村庄的早晨很少能见到阳光,阳光被高大连绵的群山挡住了。但天光是豁亮的,阳光在山顶上闪耀。莫老太伴随着第一缕透进屋里的黎明之光醒来,隔夜的酒依然在口腔里芬芳,她两只手摸索着相互握住，慢慢揉搓每一根手指。她总是以这种方式驱散残存在意识里的最后一点睡意。上了岁数后，睡眠越来越少，因为离生命那场永久的睡眠越来越近了。起来后，照例敞开大门，微明的天色立刻泻入静悄悄的屋内，还有带着山野清新气息的空气。莫老太照例扫视了一眼家门左右，没有什么可疑的新东西，院子里空空的地面上湿漉漉的，那是深秋的夜露。在过去一些年里，莫老太清晨打开大门，常常会发现一些新鲜的东西，比如刚从土里挖出来的新鲜竹笋，夏季雨后的新鲜蘑菇，一挂沉甸甸、个头饱满的芭蕉坠子。那时候她还年轻，夜里的觉睡得沉实，对屋外的一切动静毫无觉察。她把这件事情告诉老妇人，老妇人沉默半晌，然后用略显严厉的语气对她说：千万不要认为这是好心人的馈赠，你应该把这些不干净的东西扔得远远的，不应该让它们再玷污你一次。莫老太不太明白为什么会玷污她，又怎么会有"再一次"。好多年后，她才明白她的意思。当她再一次于清晨发现又有陌生东西出现在家门口时，她当着很多人的面，把它们甩得远远的，家门口终于清静了。

将会是个好天。莫老太望着山之巅那缕干净得泛着微蓝的白光，自言自语。大门敞开着，屋内的光线清幽幽的，只要经过大院门外，冷不丁撞上这幽暗洞开的大门，都会冷不丁打个激灵。但必须敞开着，只要人在家，净脸人的家门是永远敞开的。莫老太站在门口望着远处黑黝黝的山巅，直到村庄开始渐渐有了各种各样的声响，牛铃声也清晰传来，她才转身返回依然幽暗的屋内。早饭通常是粥。在这之前，莫老太要用泡了一夜的赤小豆熬一碗汤水喝，只喝汤水，权当是早上起来的饮品。这一习惯也是老妇人传给她的。

现在,莫老太六十八岁了,除了久坐会让关节显得僵硬发麻,即便在多雨潮湿的季节,她也从未犯过关节炎,赤小豆汤帮助她把体内多余的湿气去掉了,她的关节一点不比年轻人差。年轻时她还会嚼几口煮熟的赤小豆,如今她一口也吃不下了,那会让她腹胀一整天。她不饲养家禽,但别人的猫狗鸡鸭会来串门,她通常让它们帮忙吃掉那些煮熟的赤小豆。

灶烧乱了火,炉火映亮老净脸人刚洗过的还滋润的脸。虽然岁月已经在上面印下足够的沧桑,但从轮廓来看,还可以清晰看出老人年轻时候的风华。她的眉形依然好看,浓而弯,靠近眉尾的地方微微往上拱了一点点。这点向上的弯拱使她看起来有一种与她的职业相匹配的威严和肃穆。这不是天生就拥有的,而是职业所造就的。人们极少在这张脸上看到开怀畅快的欢笑,不过这并不代表她是个严苛的老人,她待人平和友善,总是给怀有烦恼的人带去安慰和劝解。她脸上的皮肤已经松弛并布有皱纹,但没有老年人通常有的老年斑,甚至连晒斑都没有,肤色均匀干净,显示出她五脏六腑阴阳和谐和常年平稳的情绪。

往火灶里塞了足够的柴,莫老太在渐渐清晰起来的清晨打开厨房通往菜地的后门,一阵湿润的空气扑面而来,把起床后一直盘旋在她额头上的眩晕彻底驱散掉。于莫老太而言,新的一天这才算开始。她的大门敞开着,祈愿这一天不会有足音搅扰她家门的宁静。莫老太扫视了一眼菜地。如若说她平淡孤寂的生活里还有什么乐趣,那便是厨房后这块并不算大的菜地。莫老太的奶奶、妈妈、妹妹都在这块菜地上忙碌过,菜根下黢黑的泥土一定还留有她们的气息。妹妹嫁人后,奶奶和双亲也去世了,这块菜地便完完全全属于她一个人。她在山上还有几块山地,种着玉米和其他一些杂粮。早些年,她的山地要比现在多一些,她一个人伺候那些山地,整天在山上忙碌,到了收获的季节,她便叫妹妹来。她一个人吃不了那么多。妹妹有时候带着丈夫来摘收老姐姐的劳动果实,孩子们长大后,便带着孩子们来。莫老太很喜欢妹妹那三个孩子,两个女孩和一个男孩,他们结实得像施了足够肥料的玉米,非常勤快,能整天待在地里不停劳作。比她小三岁的妹妹由于生育了三个孩子并操劳生活,看起来要比莫老太衰老。妹妹长得也很结实,每当她的目光扫视她三个健康勤劳的孩子时,她饱满的脸膛上的表情是满足的。孩子们长大后,两个女孩嫁到了县城,男孩被母亲强行留在身边,接着种植家里那几亩世代相传的田地。妹妹担心老无所依。妹妹是爱她的,当初莫老太选择做一个净脸人时,妹妹甚至比父母反对的态度更强硬,并对带着姐姐走上这条道路的老妇人充满怨恨。莫老太上了年纪后,再也没有精力照管那么多山地了,只选几块相对离家近,土质也相对好的山地种植粮食。老妹妹依然和她保持密切联系,十天半月的,会翻过两座山前来寻找老姐姐,带着自己酿制的玉米酒,或一摞用芝麻油烙得香喷喷的放了香菜末的金黄色玉米饼。姐妹俩在厨房后的菜地里一边忙一些实际上不用忙的活儿,一边闲谈久远的往事。她们总是在不断的重复交谈中发现新的快乐。然后当妹妹的就开始感叹,埋怨姐姐不该贸然走这条孤独的路,最后总免不了落泪,两个人的思绪又回到了一些不堪的往事上去……

菜地一片潮湿,菜叶上湿漉漉的,淌着露水,潮气从菜地之外的莫纳河泛过来。屋后开始有主妇在淋菜,赶在太阳出来之前淋掉菜叶上的露水,不然鲜嫩的菜叶会被阳光晒伤。莫老太低声咕哝一声,步入菜地摘了几片大如蒲扇的肉芥菜叶子。她的早饭一向在早上十点左右吃。喝完一碗温热的赤小豆汤后,才开始熬粥。山地的活儿一向在午后开始忙活,假如有的话。她越来越喜欢在灿烂敞亮的阳光下干活儿了,而阳光要完完全全照耀在这片山上,得等到临近午时。在还没喝上一碗热赤小豆汤之前,她再也没法像前些年那样先挑水淋菜了,她的腿使不上劲了。

袅袅的雾气在莫纳河面上慢慢飘移,整条河像是一锅冒着气的热水。莫老太从菜地里回到厨房,发现一只黄狗耸着身子坐在炉火前,盯着从灶孔里蹿出来的火苗,仿佛是莫老太吩咐它看炉火似的。狗看见莫老太进了厨房,鼻子里呜地婉转叫了一声。莫老太早就习惯它了,它是每天第一个造访她家的客人。

"你这老狗，是不是昨晚又被忘记喂晚饭了？一大早就来找食。"莫老太说。她无法饲养家禽，但她并不讨厌它们。没有人比一个净脸人更理解生命了。刨去会说话，人的性命和它们又能有什么区别。

高压锅开始在火灶上喷气的时候，陆陆续续有更多的生命走进老净脸人的房子里，先是两只毛色发亮的半大公鸡，然后是一只在夏季第一次当母亲的母猫，母猫的孩子已经被主人家全部卖掉了，悄无声息的步子充满忧伤。在莫老太的厨房，猫和狗和平共处，它们在她的房子里各有属于自己的领域，互不侵犯。猫走到莫老太脚边，毛茸茸的脑袋蹭在她脚踝上，喉咙里呼噜呼噜地响。这些蓬勃的活物给莫老太孤寂的日常生活带来不少慰藉。在她的眼里，它们是一个个不说话的人，像夜晚那些浮现在黑暗中的人脸。她从来不拒绝它们的陪伴。

喝过赤小豆汤后,赤小豆留给猫和那几只毛色鲜亮的公鸡。狗继续等待,莫老太当作早饭的粥才开始煮上,狗不吃豆,它在等待和莫老太一起吃早饭。光线越来越明亮了,晨风迟缓地吹拂。

和任何一天的清晨一样,变化的只是四季不同的色彩。

莫老太挑着空水桶朝河边走去,猫和狗留在厨房里,狗依然坐在火灶前守炉火,双眼里闪着火焰的光芒。

河里的水并不冰凉,在阳光还没照到河里前,河里的水是温暖的,水面上腾升起袅袅的水烟气。而到了午后,河面上跳跃着明亮的阳光时,河水便变得清凉了。有好几年了,莫老太再也不能朝河面甩下水桶,把两只水桶同时按进水里,灌满后一口气挑起来,走上那简易的但并不算太低的码头。那样的岁月一去不复返了,她的腰和腿再也无法支撑起一挑灌满水的水桶。她得把水一桶一桶提上码头,然后才能挑走。从河边到菜地,是一条弯曲的平路,她小心下着脚步,避开路面凸起的石块——没有一个老人到了她这个年纪还在挑水淋菜。不过,老净脸人倒没太多的伤感,毕竟这条路是自己选择的。其实她完全不必侍弄这块菜地,只要她愿意,在河边任何一块菜地摘青菜,都不会有人有异议,这是这个村子对她应尽的责任和义务——又有哪一户人家送到山上去的先人在临终前没有得到过她最后的净脸呢。但她不想那么做,她甚至拒绝了一些主妇为她淋菜地的提议,她觉得身上这副骨头还能对自己的温饱担得起责任。

夹着双肩朝莫老太的菜地走过来的是一位瘦削的农妇,手臂上戴一副灰色防水皮革袖套,赤着的双脚湿漉漉的,沾满潮湿的泥巴。显然她也在淋菜。她走到莫老太的菜地前,停住了,脸上是一副欲言又止的表情。

"绿玉,吃了吗?"莫老太正在菜地一角淋那片结满了鲜艳果实的小米椒。

"太婆!"绿玉朝莫老太走过来。黄狗这时来到厨房门口,模样威严地站着。绿玉看见狗,踌躇了一下,莫老太朝狗转过身,狗便隐身进门里去了。

"我公公可能快不行了!"绿玉那双细小的眼睛紧紧盯住莫老太。

莫老太直直注视着她:"这是你自己判断的?"她的语气有些严肃。

绿玉立刻低下头,脸上闪过惭愧的神色。"他好几天没说话了,也没怎么吃东西,我看着他不怎么好。"她低声说,脸上一闪而过的羞愧没能逃脱莫老太的双眼。莫老太的心软了一下。绿玉是个勤快的女人,两个女儿也很懂事,只是命运不济,嫁个赌汉,整天东游西荡钻赌窝子,还轧姘头。绿玉寻死觅活几回,可男人已经厮混成性,回不了头了,绿玉拉扯两个孩子过活,常常要靠娘家接济。仅是这样也还不算太糟,当守寡就行,偏偏家里还有一个时常瘫在床上的公公,得伺候吃喝拉撒。老东西叫顺义,年轻时根性不好,有些偷鸡摸狗的品性(他的儿子算是随了老子的品性了),老婆在他年轻时死掉了。渐渐上了年纪后,老东西倒是变得谦和起来。有一年镇子上死了一个外地流浪汉,他招呼几个年轻人,卷了席子把流浪汉埋了,算是做了一件善事。近些年来老东西七病八灾,一年倒有七八个月瘫在床上。你看他一口气快上不来了,喘了两天,又可以哆哆嗦嗦爬下床到屋外墙根下晒太阳。可想而知绿玉过的是什么日子：她盼望公公早走也没什么不对，毕竟七十五岁的人了。

"孩子，人命是有天数的，他能活到哪一天都不是我们说了算，你只管给他吃喝，不要让我们的良心在黑夜里睡不着觉。"莫老太温和而坚决地说。

绿玉眼泪汪汪的，掩面呜咽起来。"太婆，实在没法过下去了，要不是看两个孩子的面上，我真想往脖子上套根绳子一走了之。"哭泣声在越来越明亮的清晨里显得那样不合时宜，山巅之上的阳光倾泻而下，光芒四射。

莫老太放下水瓢，周围的菜地里邻居们在淋菜，菜地之间挨得并不算太近，没有什么人注意到她们。

"不要说这种傻话，绿玉，没有谁的日子从头到脚像一根绳子那样顺直。一个有了孩子的女人是不应该被任何东西打倒的,除非老天收走了她的性命,否则她应该像一块石头那样坚硬。你能明白太婆说的话,对吗?"莫老太直直盯着绿玉,她相信她明白并且把她的话听进去了。生活的磨难更能教化人的智慧,这一点莫老太深信不疑。

"你到屋里待一会儿吧,看看炉火。"莫老太劝慰道,她希望绿玉安静待一会儿,平复心绪,别带着一张满是泪水的脸走在一天的清晨里。

绿玉摇摇头,泪光闪闪地冲莫老太一笑说:"不了,太婆,"她抽搭着鼻子说,"我真是昏了头了,怎么能有那样的想法,我这就回去了,我真是昏了头了。"她转身,默默走过地垄,出了菜地。

莫老太站在菜地里,一些久远的往事在清晖里慢慢浮上心头。作为净脸人,成为一名净脸人之前的一切过往,早就该忘掉或放下了,"怀抱对往昔的怨恨或者爱,都不能成为一名真正的净脸人",这是老妇人对她的教诲,她无时不记得,但在她的内心深处,她始终无法做到把过往剔除干净,在某些特殊时候,心灵深处依然会泛起令她不安的怨恨。怨恨像一缕隐匿的火苗,当意识到她的心绪波动时,火苗便伺机蹿出来,灼烧她,刺痛她。此刻,她又感觉到胸口灼热,发烫,她蹲下来,把双手浸入桶里凉爽的河水中,让冰凉一寸一寸从指尖蔓延进身体,平息蠢蠢欲动的火苗。

吃过早饭后,村庄的早晨已经过去了一大半,临近中午,阳光终于越过群山之巅,斜斜照拂在古老的村庄上。阳光是静止的,缓慢的晨风已经停息了。深秋冰凉的早上开始慢慢变得温热起来,山间传来幽远的牛铃声。莫老太喜欢每天从这一刻开始,满世界都是温暖而亮晃晃的阳光,她喜欢在棉花般的阳光下忙碌菜地里的活儿。其实也没什么活儿,她的菜地永远没有杂草,地垄之下干干净净,每一片菜叶她都心中有数。她拿一根削尖的木棍,蹲在地垄里,松菜根下的泥土。她种的都是能开花的菜,此起彼伏的菜花在她的菜地上依节气灿烂。在万物萧条的凛冽寒冬,那片小天椒就是菜地里最鲜艳的火光。她的菜地并不孤寂。老妇人双眼还明亮的那些年,常常会翻过山头来看望同道的姐妹,站在这片鲜艳的菜地前,老妇人总是眉头深锁,然后轻轻叹息。莫老太感到一阵羞愧,她明白老妇人看透了她的心思,不过老妇人从未点破,这一点,是老妇人对她的偏爱和怜恤:这片鲜艳的菜地,映衬了莫老太依然对凡尘俗世的某种牵绊,可能是依恋,也可能是怨恨,但不管是哪一种,都是不应该的。一个净脸人的心,应该像蓝靛浸染过的棉布一样,拥有肃穆而干净的出色品质……莫老太曾经希望时间能带走一切,然而年复一年灿烂如锦的菜地,提醒她自己的灵魂还囚禁在往昔的阴影之中。

　　当正午的太阳悬在山巅之上时,深秋中一天最暖和的时刻来临了,清晨的霜雾已经消失殆尽,年轻人都在山上劳作,村庄半空了,有一种天荒地老的宁静。等阳光慢慢爬上门扇时,虚掩的木门沉缓打开了,像一截年岁久远的光阴,缓缓地,从门里颤颤悠悠出来一个个已经不太轻易出门的老人。门外亮晃晃的阳光打了他们一个趔趄,越过门槛的脚步像已微醺,这场温暖明亮的阳光被期待已久。他们在院子里东张西望,昏花的视线渐渐清晰起来,呼吸的空气是熟悉的,带着山上庄稼的味道,院子是熟悉的,院墙是熟悉的,那道小时候被绊倒过无数次的高门槛也是熟悉的,它们依然高耸在那里,脚步和时光赋予它们一层细腻的光泽。屋墙上垂挂几件旧农具,镰刀、柴刀、斧头,它们契在各类盒子里,绑在腰间的绳索干燥而陈旧,变成了脆弱的棕色,刀具的刃口渐渐布满斑驳的锈迹,不复锋利。如今它们被长久悬挂在墙壁上,老人的目光长久盯着它们,然后慢慢垂落到地上:那些挥舞年轻强健臂膀披荆斩棘的岁月已经一去不复返。老人呆立在院子里,脸上的表情是松弛的,心是释怀的,他们已然深谙时间的秘密,时间会为每个人的每段时光安排相应的际遇,如今,时间拿走了他们曾经强健的体魄和无所不能的力气,时间正把生命最后静谧的时刻赐予他们,他们只需等待。温热的阳光透过厚厚的棉衣暖和到身上的老骨头时,一些新鲜的力气重新回到他们的筋骨里,晃晃悠悠地,他们便出了院门,朝莫老太屋后的菜地走去。没有什么约定,到了一定的岁数,他们便朝同一个方向走去,日渐佝偻的身影踩在各自的脚下。莫老太的房子在村尾,这条去路是宽广的,只有寂静的阳光相随。来了就在菜地之外的杂草地上坐着,莫老太在菜地里忙活,来人也不和她打招呼,先来的人和后来的人也不打招呼,各人找一块看着舒适的地方坐下来,把自己完全敞开在阳光之下。先后来了七八个,一样深色的厚实衣物和毛线帽,分辨不出他们是男是女。他们太老了。

莫老太从不主动走出菜地坐到他们中间去,她不能带着这样的怜悯靠近他们,他们的身体即便已经衰老,但心脏依然在有力搏动。她可以主动靠近稚嫩的孩童,活力四射的年轻人,但她不能带着自己的影子主动朝那些生命力日渐衰弱的老人走去,这是不吉祥的,除非受他们的邀请。老人们安静地坐在菜地之外,彼此默默打量,打量着,忽然发现少了谁。记忆力越来越差了,到底少了谁? 也不必去细想,想必也已经永远不会再来了。自从莫老太成为一名净脸人后,她的家门是落寞的,鲜少有村人串门,菜地之后这片杂草地,却在天气晴好的午后,为她带来这些已到垂暮之年的沉默客人。这片杂草地像是他们最后的生命之旅,似乎最后的时光要在这片杂草地上度过才心安理得,似乎要靠近净脸人才心安理得。没有人能说得清楚是为什么,像有一种神秘的召唤,一种归宿。

"霞光,到我们这里来坐坐!"老人中有人招呼她。

莫老太在菜地里站起来,驻足凝望他们。他们都比她老得多,在村庄里,莫老太六十多岁这个年龄还要上山劳作的,只有腿脚已经老得再也爬不了山,才能放下手里的农具。这些都是八十多朝九十岁上走的老人,是她的长辈,她坐到他们中间去不合适,她也不喜欢那样做。一个净脸人应该并且有独处的能力。

"你们坐着,天好,我松松土。"她温和婉拒。

也就不再有人强求。

"你们说,真有另一个世界吗?"一个老人先开口了。

谈话轻飘飘越过菜地,莫老太蹲在菜地里听着,这些谈话内容,她早已耳熟。从年轻时候开始,村里一代一代老人,就这样坐在她家菜地之外的这片杂草地上,相同的等待,相同的沉默,或者相同的谈话内容。他们不再忌讳死亡。

没有谁对这个话题感兴趣,因为还在这里坐着的人没有见过那个世界,连做梦都不曾梦见过的。

"哎,你多半是活得还不够,指望还有另一个世界再活一世。"他们有一搭没一搭地交谈。

"当然,我从来没觉得活够,尽管我年轻时开始守寡,三个儿子已经死掉两个,但这又怎样?我永远舍不得山上壮实饱满的庄稼,那就像年轻时候的我。"

"这个傻婆娘永远只记得她的庄稼。"

"你这个生性懒惰的汉子,你永远不知道看着庄稼在你手里成长和结果是什么滋味,这就像你掌握整个的季节,你是不会知道的。"一个老太磨着两片薄薄的嘴皮尖刻地回道。

"我不用知道那些,我知道它们在嘴里是什么滋味就好。"老汉并不介意老妇对他的嘲讽。

"那跟在山上吃草的牲口有什么区别。"老妇不屑。

"我倒希望自己就是头牲口,在我看来山上的牲口要比人活得舒坦,一年两季拉犁,两季闲荡,可人只要还睁着两眼,有哪一天不操心,人哪能跟牲口比。"

"哎,你下世投胎变成一头牲口吧,你这吃饱了撑的老东西。"

"如果行,我一点都不介意。"

"死了也没人给你净脸,尖利的刀尖将捅入你的脖子,你的血被放得一干二净,肉将被吃掉,骨头扔给狗啃,这就是牲口的下场。"

"净不净的,真那么重要吗?"老头的语气变得犹疑起来,这可能是他年轻以来内心就存在的困惑。

"当然重要,这个道理连初生的婴儿都知道,你忘了当年你老父亲是怎样请霞光去净脸的?你这老东西,假如你心存疑虑,当你觉得你快要归西时,你可以不必请我们的霞光去为你净脸,你就带着这副浸透了俗世的肮脏皮囊去吧,这是你的自由。"

"我只不过是随口说一句,你的脾气和你的年龄一样增长了……"老汉叹息道。

"随口？你这是人话吗？我看你现世就是头牲口，双肩扛一张嘴只是拿来吃的。你在我们霞光面前说这样的话，是要遭雷劈的。"老太的语气有着与她的年龄相匹配的威严，"我看你这副皮囊就不配得到净脸人的双手给你带去最后的洁净。"老人们沉默起来，片刻后都笑了，磨着两片皱巴巴的嘴唇，一种和解的笑。

这样的争执于莫老太而言早已习以为常。有人对净脸心存疑虑，她从不责怪他们，也从不去做过多解释，没有什么能比交给时间来解释更为妥当的。也许时间最终也不能给予那些心存疑虑的人完全满意的答复，但会慢慢改变他们的看法，给予他们类似信仰的力量去接受它。

"顺义那老家伙，估计很快就要来请霞光了。"

沉默之后，和死亡相关的话题再次被重新提

起来。这些已经活得天地混沌的老人，谈论起死亡就像年轻时谈论圈栏里的牲口和山上的庄稼一样，没有任何顾忌，他们再也融入不了年轻人的生活了，关于年轻人的话题也已经远去。

"他和猫一样有九条命，死不了，过不了几天就能起来蹲墙根晒太阳了。"

"你倒是盼他早点死掉似的，吃席也轮不到你了。"

人过了六十岁后，红白喜事就不能吃席了。

"我再过两个月就九十岁了，还稀罕什么吃席。我心疼绿玉那孩子，儿媳妇伺候公爹，老天爷瞎了眼了。顺义年轻时也不是什么好东西，有十八条命也该死了，折磨人。"

"好了好了，人家也没赶你圈栏里的牲口，也没拔你地里的庄稼，有天大的怨恨，这会儿也该消了，黄土埋到鼻尖的人了。"

"也许是我老糊涂了,我记得他说过,不想净脸。"

沉默再次笼罩在老人们中间。莫老太一直在低头松土,阳光静谧地照耀在她身上,像什么也惊扰不到她似的。她是个身材娇小的老妇人,从年轻到现在,时间只老去了她的容颜,她轻盈的躯体包裹在深色厚重的衣物里,透出一种坚强的不容侵犯的力量。她手下的木棍毫无征兆地戳进一棵包心菜根部,手腕的力气顶进木棍里,包心菜根便从湿润松软的泥土里顶了出来。她吃了一惊,朝菜地之外的杂草地望去,老人们似乎凝固不动,密密层层的菜叶遮挡他们的目光,他们看不见她手下的泥土。

"谁年轻时都会说些日后注定会后悔的话,我们都是这么过来的。"

"他说这话时可不年轻。"

"他会后悔的。"

"那老东西也不知修来什么福，老妹妹伺候他一生，如今是儿媳妇伺候。如霜那个老姑娘，她空空活了一辈子，图的什么？到死了扎个老姑娘坟，香只点一炷，只怕到那头也要遭她老子娘嫌弃的。"

午后的风吹过来，缓慢的，是暖风，带着阳光的温热气息，暖洋洋的让老人们犯困，入定般坐着，坐着坐着就睡了过去，脑袋一低，下巴抵在胸口棉衣领子上。

"祖——祖啊！"从村庄深处偶尔传来一声稚声稚气的呼唤声，寻找这些似乎已忘掉时间的太祖们回家吃午饭。他们浑然不觉，在时间里迷路了。

暖和的风却给莫老太带来了往事。她回到屋檐下的阴凉处，厨房里的朋友们早已离去了，静悄悄的,一些光线从屋顶上移了缝的瓦片上漏下来,斑驳投映在地板上。

往事也是斑驳的。

她在厨房门口坐下,靠在门框上。如霜的脸很少在夜晚出现,但她会出现在她的梦中。不,不是年老时的如霜, 也不是靠在她怀里过世的如霜,而是青春年少时的如霜。她比莫老太小六个月,任何一片能长蘑菇和春笋的山坡都布满她们的身影和笑声。直到莫老太成为一位净脸人,她们的友谊才被老妇人制止,老妇人用极为严厉的话语警告如霜不要再靠近莫老太:你们不是同一类人。对于莫老太的选择,如霜的反对比莫老太的妹妹更甚,她甚至威胁莫老太,假如执意要走这条路,她会陪她一辈子,终身不事婚嫁。莫老太认为如霜只是一时被美好的友情迷惑了心灵。然而当莫老太真正端着浸有柚子叶和锋利剪刀的清水朝向那些即将消逝的生命时,如霜的绝望震动了她。青春的光彩从如霜的双眼和脸庞上消失了,如霜望向她的目光充满彻骨的哀伤,仿佛将要行走在这条漫长而孤寂路上的是她。她对莫老太的威胁也变成了固若金汤的诺言,鲜艳的衣物从她的身上褪去了,从清晨里走来的她脸上笼罩淡淡的哀伤,她变得寡言少语,劳作成为她日常唯一的乐趣。她身上的活力随着日渐寡语渐渐消失,她像一个满怀心事的暮年人,紧紧抿着双唇。在莫老太的净脸人生涯中,如霜是唯一一个一如既往靠近的人,她几乎是以戴罪般的虔诚靠近莫老太。清晨屋后的菜地,午后山上的庄稼地里,莫老太夜晚宁静的房子中,孤单的节日饭桌前,几乎都有好朋友的相伴。她们会聊一些关于庄稼和四季轮换的话题,谈论山上雨后的新鲜蘑菇,谈论偶尔出没的糟蹋庄稼的野猪以及村庄里刚出生的婴儿,却从来不聊莫老太所从事的净脸人职业。她们心照不宣地回避这件事情。而多半时候两个人沉默不语,让时间的脚步从身上悄悄流逝,从一个清晨到另一个清晨。莫老太了解年轻时的如霜,她的内心像清晨的露水一样清澈,她了解好朋友的任何想法和秘密,在她成为净脸人后的如霜,则让她感到迷惑不解,露水失去了它的晶莹剔透,仿佛落入灰尘中,带着看不清的污浊。如霜的目光深沉地盯着她,目光之后有一片她看不清的迷雾,她始终无法穿透那层迷雾。几十年来莫老太从未试图去理解或询问,因为她相信好朋友内心的任何想法都不会对她产生一丝伤害。没有人能向另一个人做到毫无保留的爱,她理解。

四年前,如霜逝世于一场疾病。此前,如霜日渐消瘦,饮食一天比一天少,到生命最后时刻,已经滴水不进好几天。如霜视如女儿般的侄媳妇绿玉日夜悉心照料，在夜晚偷偷跑去请莫老太，希望能劝一劝枯槁而固执的老姑姑，喝下一口汤药。莫老太只是坐在床边，紧紧握住相伴一生的好朋友那只已经失去生命光泽的手。她感觉到如霜的内心有一种绝望，这种绝望绝不是对死亡的恐惧，她被这种绝望折磨着。

"你想要什么？"莫老太记得自己这样问她。

然而病人的头在枕头上轻摇，虚弱而专注的目光落在莫老太的脸上，似乎在辨别什么。

"不要独自承受内心的煎熬，我不允许你这样，你应该相信我，我会帮助你。"莫老太注视着老友。病中的枯槁容颜和白发让莫老太感到岁月的力量。

如霜的眼角渗出泪水，她轻微地说："我要请求你原谅，霞光，今后让宽恕指引你的内心去做

71

每一件事情！"

如霜最后在她的怀里走了，拒绝在还有一口气时让莫老太为她净脸："我不配得到这样的礼仪。"直到落了气，莫老太才开始进行净脸。

"霞光，让宽容指引你的内心！"

如霜年轻时候的脸在面前一闪，莫老太惊醒过来。她靠在门框上睡过去了。午后的阳光已经偏西，斜斜地落在她脚下的地板上。菜地之外的杂草地，那些老人已经走了，草地空空的，好像他们不曾在那里待过。

三

一老一少在屋里争执，院门外，站着一个宽肩膀的中年人，眉头紧锁，哀伤的阴影笼罩在他的脸上。

"带我去，太婆！就像当年那个带您去的人一样，请带我去！"金竹那双黑白分明的眼睛里流出恳切的目光。她太年轻了，一身朴素的麻布素衣也无法遮掩从她身上流露出来的青春气息。那把黑发编织成麻花辫，绑辫子的也是蓝靛染过的黑色细麻绳子。她脸色素净，一些细微的淡褐色小雀斑像遥远夜空的星星般点缀在她的额骨上。她绞着两只手，站在莫老太面前。

"这不是一件容易的事情，金竹，我认为你不适合。"莫老太冷静地回答，注视姑娘年轻逼人的脸庞,这张脸上有一些她极为喜爱的东西,比如和善,比如安宁,比如眉间淡淡的哀伤,这些都符合做一位净脸人的基本要求。然而内心有一股强大的力量阻止她做出这样的决定。

"太婆,我明白我想做的是一件什么样的事情,我已经想清楚了,请您相信我!我觉得这是我人生唯一一条出路,请您不要亲手掐断它。"金竹几欲哭泣。

莫老太仍然无动于衷。从年轻时候起,人们就开始叫她太婆,有很长一段时间,她在心里极度抗拒这个称呼。她在深夜里双手抚摸自己年轻的躯体,充满哀伤。当初,她又何尝不像眼前年轻的金竹一样,迫切地希望走上这条孤独之路,企图净脸人无欲无望的平静生活能抚平命运赐予的灾难。然而事实并非如此,几十年来她严格遵守规戒,成为一位受人尊敬的净脸人,但她明白自己内心深处依然有无法平静的波澜……她望向门外,天空阴沉,布满铅灰色的乌云低垂在山巅之上,老天在酝酿一场深秋的雨水,但它不会那么快就降临。她不喜欢在这种天气出门,但任何天气都无法阻止一个生命即将离去的脚步,院门外的中年男人一直朝她们望。

"你并没有真正明白你要做的是什么事情,没有真正明白这件事对你意味着什么。"莫老太严厉地说。

金竹过来挽住她的手臂祈求:"您为什么不试着相信我? 就像当初您相信自己一样。"

当初! 一阵剧痛汹涌至胸口,莫老太猛地闭上双眼,像被人劈面挥了一耳光。但这种突然而至的失态仅是一瞬间,她轻轻摇摇头,睁开眼睛,说:"这条路晦涩漫长,你走不了。"

"不,太婆,我相信我行。"姑娘的倔强如同她当年一样。

这次要去的是糯弯村,一个以种八角闻名的村子。这片地方山水连绵,然而方寸之间,土质气候也有天壤之别,八角在糯弯村几乎泛滥成灾,而和糯弯村仅一个山头之隔的村子,八角就无法存活,屡种屡死。在远离水源丰饶的莫纳镇的其他山头上,杧果连片成荫,结出来的果实大如菠萝,而在莫纳镇河边的村庄,在滋润的土地上,每年开春,杧果枝头繁花似锦,结出来的杧果却只有鸡蛋般大小。没人能解释土地的秘密。土地也像人一样,有不同的品性,人们要在土地上播种和收获粮食,只能顺应它的品性。

糯弯村。莫老太在心里哀叹,假如人的命运没有那么多不测,她应该在这个村子里生儿育女,死后将会被埋进夫家坟冢地里,每年三月初三,受到来自儿孙的三炷香火祭拜。而如今,她活着是孤独的,死后也将是孤独的,她连做了一辈子老姑娘的如霜都不如,在祭拜日,如霜的坟前尚有一炷老姑娘香,而埋葬她尸身的黄土前,将会比生前的家门更加清寂。

后悔?似乎又不是,但她明白自己无法与她敬重的老妇人相提并论,老妇人内心的宁静和坚毅是她无法比拟的。这么多年来,从未见老妇人为过往有过一声哀叹,她的双眼始终是干燥澄明的。

糯弯村原来也有一位净脸人,是个哑巴,据说是六岁时的一场高烧夺走了她的声音。她从未婚嫁,在老一辈净脸人的指引下,她成为一名净脸人。但在她四十六岁时,得了一个偏方,嗓子重新发出清亮的声音。哑巴不复是哑巴,净脸人的身份也被她扔掉了。她开戒杀生食肉,焚香拜祭祖宗,祈求能像个普通女人那样建立家庭生儿育女。然而过往的身份像烙印一样铭刻在她身上，人们忌讳这样的过往，她的愿望不仅没实现，反遭乡邻的唾弃和鄙夷。哑巴净脸人最后用一根麻绳结束了自己的性命。

莫老太依然记得一个名字：李双华。四十多年了，这个名字未曾忘记，变成一道隐匿在她心底的伤疤。她曾经认为这个名字会锁住她一生一世，会给她一生一世的安稳。自古以来在这片山里，于女人而言，出生是第一次生命，出嫁是第二次生命，若一定要论及女人的出路，那么第二次生命无疑就是山里女人的出路。莫老太遵循习俗，初潮时在父母和媒人的安排下与糯弯村的李双华定下婚约。她在定亲之日给前来提亲的李双华倒了一碗茶。青年人穿着蓝靛染的挺括麻布衣裤，鞋底纳得很厚，鞋帮沾染了一路来的泥土，但干净的地方白崭崭的，显然是刚做的新鞋。李双华细高个子,肩膀很宽,五官倒也没什么出众。莫老太印象最深的是他的双唇,他说着话,嘴角就朝上弯,是个说话带笑的人。然而两年之后,也就是这张嘴,说他们不合适,并退回了她的生辰八字帖子。怎敢和金竹提当初,她永远不会知道在那个风俗严谨的年代,一个女人被男方退回生辰八字帖子意味着什么。

此前她从未去过糯弯村,只知道是一个以种植八角为生的村庄,这个村庄和越南北部山水相连,其边境线处是一片阔大的深山老林,遍布古木奇树和体形庞大的野兽。在莫纳镇集市上,时不时会遇到售卖的羽毛鲜亮的野鸡和毛发坚硬如针的带皮野猪肉,这些多半来自糯弯村的村民。深山里的这些村庄,老一辈的净脸人日渐年迈,又没为村庄培养出新一辈的净脸人,这个从开天辟地就流传下来的古老传统面临着后继无人，莫老太的家门便渐渐多了异村人的身影。

天越来越阴沉，湿冷的空气从山路两边的庄稼地里蔓延出来，初冬很快就要来到了，漫山遍野的庄稼加速往成熟里成长。这场雨水过后，山里将迎来今年最后的收成。

有山风吹来。

"要走的是你什么人？"莫老太终于开口。中年人在前头领路，步子跨得很大，很快便和莫老太拉开一段距离。闻言，停下来，等莫老太和金竹。

"是家弟，还没成家。"中年人低声说，"在山上遭遇了野物。"

"野物？"金竹惊叫起来。

"野猪。"中年人回答。

"人已经过了？"莫老太闻言放慢脚步。

"是的，今早从山上抬下来了。他夜里进山采

80

野,踩了捕鼠器,又遭遇野物,一夜未归,我们今早才进山找到的。"

莫老太转身看金竹一眼,三个人继续赶路。靠山吃山,山有时候也会吃人。风低低地吹着。

糯弯村很大,四周遍布八角树,在深秋里依然一片繁茂,在茂密的八角林中间露出简易的草房子屋顶,那是炼油房。

八角油可以制成香水和精油,这是莫老太对糯弯村最初的了解。像一个梦,她无法肯定这个梦是否已经从心底彻底消失了。

是姓康的人家,屋门口的白蚊帐已经挂起来了,挡住行人通往屋内的目光。院子里人来人往,男人们在砌火灶和刨棺木,女人们忙着淘米和洗菜,从各家借来的饭桌靠在屋墙上,三个竹篾筐里装满了碗筷。丧事已经开始忙碌起来了。在屋檐的另一侧,几个上了年纪的妇人围坐在一个戴黑白格子棉布头巾的老妇人身边，只是守着，没有交谈。老妇人垂着头，脸上表情呆滞，似乎还没明白发生了什么事情。

中年人领着莫老太和金竹穿过院子，忙碌的人们停下手里的活儿。看见莫老太他们，垂头坐着的老妇人猛地站起来，步履踉跄地朝莫老太奔过来，举着两只空空的手。

"大姐……"老妇人呜咽起来，仿佛悲伤这时才忽然降临了。

"收起你的眼泪，还没到流眼泪的时候。"莫老太直截了当地说，她知道此时任何语言都无法抚慰失去亲人的痛苦。老妇人点点头，泪水和悲伤溢满她的双眼。

"里头，是我最小的儿子。他在攒定亲的钱……我们当父母的无能，让孩子丢了性命，我们是罪人啊……"她扯下头巾，把呜咽埋进头巾里。

中年人来到屋门口，帮莫老太撩起白蚊帐。

亡者躺在正对屋门的地板上，双脚对着门口，身子下垫了竹席，身上盖一条棕色的毛毯，一直拉到他的下巴处。那是一张年轻的面孔，死亡也没能抹掉他脸上年轻的光芒。此刻，这张脸因为失血过多而显得青白，像蜡一样泛出冷冷的凝光。他的脸和头部还好，没有什么损伤，下嘴唇有些肿胀。在亡者的头部旁边摆着一盆清水，碧绿的柚子叶和一把陈旧的剪刀浸泡其中。灵碗也准备好了，一碗大米摆在一只矮凳子上，凳子挨近亡者的头部，三炷香火平放在米碗上，只有开始净脸才能点燃。几位年轻的男性围坐在亡者两边。亡者太年轻了。按照习俗，他只配得到比他更年轻的小辈给他守丧，长辈们只能给他点一炷香火，而不能守护在遗体旁。年轻的死亡是寂寞的。

莫老太在亡者左手边的席子上跪坐下来，右

手伸进毯子里摸索亡者的左手。一只沾满泥巴和污血的手被她从毯子下握出来，手掌呈半握拳状。金竹轻声尖叫一声，莫老太迅速回头严厉瞪她一眼。她合住双掌，握住那只已经开始僵硬的冰冷的手，垂下头，凝视亡者的苍白的面孔，念诵起净脸词：

　　　　容我剪去你凡间的执念，容我洗掉你俗世的罪过

　　　　还你初生的洁净，去往明净的新世

　　　　前方的路既幽暗又明朗，你要朝有光的地方去

　　　　那边的世界有风雨又有彩虹，你要朝七彩的凤凰去

　　　　火不是火，火是光亮

　　　　雨不是雨，雨是甘露

你不要怕，你是洁净的

诵读完毕，莫老太放下那只手，示意把净脸的水端过来，并点燃香火，把三炷香火插到灵碗里。毛毯被揭开了，一股冷腥味弥漫而来。亡者胸口以下一片模糊，深褐色的衣服浸透了鲜血，凝结成暗黑色，裤带也断掉了，变成两截耷拉在腰间，右边腿的裤子在膝盖处撕破一条长口子，里面的腿血肉模糊。双脚上的鞋子已脱掉，左脚的前半截脚掌没了，伤口参差不齐，像被一把钝刀勉强来回割拉。

金竹迅速起身，撩开门口的白蚊帐出去了。

"你们来，帮忙把他的衣服脱去，干净衣服准备好了吗？"

"准备好了。"几个年轻人表示，并挪过来帮忙脱掉衣服。衣物褪去，除了头部，是一具破损不堪的躯体,整片腹部,被野猪的獠牙顶得一塌糊涂,一些肠子暴露在皮开肉绽的肚皮上,这是致命所在,暗红色的血已经凝固了。几个年轻人看着亲人破损的身体,沉默不语。

"毛巾!"莫老太朝他们伸手,一个年轻人把浸了柚子叶水的毛巾拧干递给她。一切如常,从头开始。但生命不能从头再来了。

换了六盆水。莫老太吩咐他们到屋后挖个深坑,一定要深挖,把暗红色的污水倒进去,覆盖上泥土。屋里人默默忙碌着,屋外的人声也压低了,大家都知道屋里正在给亡者净脸,这是亡者的肉身和灵魂得到彻底洁净的礼仪,没有人会在这样的时刻喧哗。净脸结束后,莫老太又吩咐人拿来针线,她要给亡者缝合破损不堪的肚皮。一个年轻人出去了,不一会儿院子里传来号啕大哭声,只是突兀的几声,然后声音像是被蒙住了。出去的年轻人拿来针线，一根缝衣针和两个线团，是黑色和红色。莫老太示意年轻人穿红色的线。其实也没法做更好的缝合，只是把皮肉翻卷的地方粘连起来缝平了，把露在肚皮外的肠子重新塞回肚子里。窟窿眼大的地方，莫老太吩咐人拿来亡者一件干净的衣裳，剪了一块如伤口大小的地方，填补住窟窿眼，布的边沿和皮肉缝合在一起。膝盖处也有一条皮开肉绽的长口子，莫老太在昏暗的光线里耐心地穿针引线。在她的记忆中，再也没有哪一位亡者比这位年轻人让她花费如此巨大的心神。她敬畏年轻的亡灵，尽可能细心地为他们做好在人间的最后仪式。漫长的净脸过程终于结束，亡者换上干净衣裳，残缺的脚掌套上厚实的棉袜，体面地躺在竹席上，这时候才能给他盖住过头的长白布。莫老太摇摇晃晃站起来，眼前一片墨一样的黑，跌坐回地上的席子，一只手撑在亡者白布下僵硬的手掌上。几个年轻人急忙挪过来扶住她。莫老太摆摆手，眼前的黑暗渐渐消散后，她把手伸进白布之下，再一次双手握住亡者冰凉的手，默念净脸词。

从白蚊帐内出来时，已经是午后时分，天空变得亮白不少，雨似乎不会再来了。院子里简单砌起来的火灶里炉火熊熊，几口大锅炖着大块猪肉，几只已经宰杀好的羊摊在一张羊毛毡上。莫老太慢慢抚摸两只手，她的手腕处隐隐生疼，两腿虚软得像踩在棉花上。净脸的时间太久了，几乎耗尽她全部精力，从未有过的疲惫盘旋在她衰老的体内。金竹一直在门口等着，见她出来，上前扶住。莫老太朝她点点头，全部的肉身倚靠在她身上。莫老太被引到院子另一边的一张桌子旁，上面搁一盆柚子水和半碗清亮的生茶油。她站在桌边洗手，两条腿软得几乎站不稳。往手上抹生茶油时,丧子的母亲走过来了。

"大姐,谢谢你为孩子做的一切,好心会有好报的。"老妇人的感激和哭泣声交织在一起。

"这是我的职责,你不必感谢我。"莫老太疲惫地说。

"孩子还太年轻,真是罪过。"

"这是他命里带有的劫数,你不必过于悲伤,他只是去了他该去的地方。"莫老太机械地说,类似的话她这一生说过无数次。

老妇人默默饮泣。中年人走过来,双手递给莫老太净脸礼包。

"太婆,请收下!"他说。

"你弟弟会走得好的。"莫老太接过礼包,慈悲地说。

依照礼俗,她们没吃饭。走出康家院门时,悲恸的哭声从背后传来,净身后,亡者的灵魂正式离去了。

　　山路上，两个人走得很缓慢，无语。金竹的脚步轻盈，细碎的响声从莫老太身后轻微传来。四十多年前，她也这样跟在老妇人身后。老妇人第一次带她去净脸，是为一个从山崖上摔下来亡故的孩子，只有十二岁。孩子其实已经走了两天，但他的母亲认为他还会醒过来，抱在怀里迟迟不肯放手，直到孩子渐渐变得冰冷。孩子亡故于内伤，除了脸上的擦伤，肉眼看不到任何伤口。触摸他小小的胸腔，可以感知到他断了好几根肋骨。老妇人褪去他的衣物，抬起他的头为他擦拭时，暗红色的血从他的七窍流出来……莫老太为他擦干净，她沉静的神色赢得了老妇人赞许的目光。在那些微醺的沉寂夜晚，孩子的面孔也会出现在莫老太眼前，是净脸后的脸，洁净，一双细小的眼睛，脸上的表情腼腆羞涩，真实得让她以为只要叫一声他的名字,他便会点头答应,过来坐在她的膝盖边上。

"他们的灵魂已经远走了,只剩下一个肉身,没有必要对一具躯壳产生过多悲悯。"老妇人常常这么说。

然而莫老太不这么认为,净过脸后那些洁净的面孔,即便只是一张沉默不语的面孔,也是她暗夜里的亲人。

"太婆,我一定让您很失望。"金竹在身后沮丧地说。

莫老太默默地走了一会儿,温和地说:"这不怪你。"

身后传来压抑的饮泣声。金竹太年轻了,比当年莫老太刚开始走上这条路时还年轻。这个性格沉静的女孩子不知前世犯了什么罪孽,天生没有子宫。若是在几十年前,在这片古老的山里,一个女人失去了传宗接代的能力,她就没有第二次人生了,娘家人不可能给予她永远的庇护,她的前路是黑暗的。然而如今早已不是当年,年轻人的命运不再局限于山里,女人的人生价值也不再局限于生儿育女。金竹只是缺乏一点往山外的世界张望的勇气,她需要一点时间和机会,时间会把正确的选择带到她面前的。

山风徐徐吹来,午后的天空变得明亮许多,似乎酝酿已久的雨水也随风而散了。

四

雨水没有来。几天阴云之后,阳光重新照耀在山里,山上庄稼地里的果实已经成熟待收。这场收获将会持续半个月左右,果实颗粒归仓后,初冬的第一场霜冻将会如约降临。

山上是黄澄澄的,野草多半已枯黄,玉米棒子干在玉米秆上,黄豆和花生也熟了。村里的巡山人像警惕的猎犬整日在山上转悠,防止有人在山上烧山,引发火灾烧毁粮食。巡山人是村里的治保员,在粮食成熟的日子,整天黑着脸训斥村里的娃娃,搜索他们的口袋看是否有打火机,让他们离地里的粮食远一点,并警告他们没事别上山乱转悠。他把手里的竹条子甩得嗖嗖响,等到开山节,巡山人终于松了口气。

开山节是一个节气,意味着可以上山收山上的粮食了。这天家家户户要蒸糯米糕拜祭土地庙,感恩土地神带来今年的粮食。这是妇女们的事情,男人们要检查家里收割粮食的家伙,盛放粮食的竹篾很可能被老鼠咬破了,要重新修补,砍玉米的锄头也许得磨一磨,缸瓮也要搬出来晒掉湿气。

村里弥漫着过节的气氛。

莫老太不需要拜祭土地神,人间任何与香火有关的行为都和她无关,但她还是天不亮就起来,把前一晚泡好的糯玉米提到厨房的磨盘边,一丝不苟地磨起来。有家底的人家会用糯大米来蒸,而多半人家则依照古老的习俗,蒸糯玉米糕。莫老太觉得这两种米在口味上其实并无多大区别,只不过拿糯大米糕到土地庙去祭拜时能长主人家的面子。

磨盘有些年头了，归置在厨房边的偏房里，这里放置莫老太的劳作工具，两把手柄长短不一的锄头，几把手柄磨得光亮的镰刀和柴刀，几只叠放在一起的陈旧竹篾背篓。在微亮的光线中，那几只叠放的竹篾背篓活像一个沉默的人影，莫老太微微地心惊肉跳。上了年纪后，特别是近几年，猛一眨眼，看什么都像人影，能把人吓一跳。她把暗处的磨盘搬到厨房，清洗干净。这东西一年到头没用上两回，蒙满尘垢。晨曦慢慢从厨房的屋檐下透进来，村庄深处开始传来各种响声。厨房门板响起抓挠的声音，莫老太心里暖了一下。天没亮透，她没把大门打开，老伙伴转到厨房后来挠门了。拉开门闩，黄狗窜进来，两条前腿跃跃欲试要搭到老朋友的身上，莫老太拍拍它的脑袋，狗婉转哼了一声，算是打招呼。

　　猛地传来一阵响炮，脆生生地炸响在静谧的

清晨里,莫老太手一抖,手里的饭勺落到地上,她的伙伴曲折地呜了一声,腰身一塌,缩进饭桌下。响炮很短,没几声便灭了。莫老太马上想到顺义那老东西。无端端的,只有丧炮才这么响。她的胸口剧烈起伏起来,绿玉是不可能让她的公公不净脸就落气的,除非那是他本人的意思。当她的目光落在清洗干净的磨盘上时,她很快便否定了自己的想法:今天是开山节,晨起是要在土地庙前燃炮的,告知土地神,今天是村民拜祭的日子。莫老太松了口气,跌坐在凳子上。

当晨曦的明亮光线透进厨房时,莫老太才从沉思中醒过来。一些沉寂但从未忘记过的往事也被那阵短促的响炮点醒了,恍恍惚惚间,她又被往事拽了进去。她拍拍膝盖,狗从饭桌下钻出来,惊魂未定。今天的早饭她不打算吃了,磨好糯米粉,蒸上,午饭和早饭一起吃。这么多年来,大大小小的节日,她多半一个人静悄悄地过,村里人也习惯这位老人的孤独生活,觉得那是她该过的日子。然而节日的喜庆气氛总是不浓不淡地搅扰她,她始终无法做到像老妇人那样把凡俗烟火戒得一干二净。

"爸,推磨盘。"

"妈,灌玉米。"

"妹,筛玉米浆了。"

她手里忙着活儿,默念家里每个人,在她的默念中,像是一家人还在一起。

莫老太的开山节糯米糕蒸得很少,两竹筒,三斤不到。磨完后,清晨已经来临,明亮的光线透进厨房里。她转身回堂屋,把家门打开。每天都一样,打开门那一刻,祈愿今天家门口不会出现陌生人的身影。

在大门口转身,莫老太的目光落在空空的厅

堂屋墙上。本来,那里应该靠屋墙放一张高脚桌,上面摆上香炉和两盏油灯,而在高脚桌上方的屋墙上,应该贴有类似"祖德如山重,宗恩似海深"的对联,高脚桌上的摆设和屋墙上的对联,成为象征一个家的根脉的祠堂。然而多年来,这面屋墙空空如也。早些年父母还活着时,祠堂还在,给祖先烧香供奉食物,屋墙上留下烟熏火燎的痕迹。父母过世后,莫老太"请走"了祠堂,这面屋墙就再没沾染过烟火气息。每年三月初三,莫老太和村人一起上山拜祭父母和老一辈先人坟茔时,也只是把坟头的杂草清理干净,给塌陷的坟身重新培土,别说拜祭的食品,连香烛纸钱都无法供奉。当然,父母的坟头不会真的连一根檀香都没有,周边的邻人总会好意点上三炷香,过来插在父母的坟头,拜祭的食品也会盘过来一些。莫老太体面地为乡邻们送走亲人,却无法为自己逝去的亲人做任何体面的事。今天,本该也在祠堂上给祖先点上三炷香,供奉一碗蒸糯米糕和一两样荤菜的,然而她什么也不能做。她带着不易被觉察而又无法克制的哀伤回到厨房,在越来越明亮的晨曦里开始烧火蒸糯米糕。

临近午后,阳光终于照耀到菜园子里了,菜地之外的莫纳河面亮闪闪的,有风,微风,带着山上粮食成熟的清香气息,这气息使山里人沉醉。那些已经上不了山的老东西,蹲在幽暗的墙角贪婪地闻着这气息,他们闻到了年轻时候的汗水味。

糯米糕蒸得不算成功,糯米浆滤水不够,蒸出来的糕软绵绵的,黏手,水分很大。在做节日食品上,她一向不行。如霜恰恰相反,她对于节日有一种天生的热情,粗陋的食材也能弄出体面的菜肴。她喜欢为莫老太做各种食物,她在她的厨房里穿梭,用新鲜玉米粉加酵母蒸类似馒头的玉米疙瘩,把红薯切片,蘸上蛋黄下到热油锅里炸成红薯酥。莫老太常常幻想如霜有一群孩子,他们被能干的妈妈制作的各种美味食物抚养得健壮无比。毫无疑问,如霜将会成为一名出色的家庭主妇,但她把金子般的葱茏年华献给了友谊,陪伴莫老太。莫老太也曾对她的友谊心怀疑虑,毕竟,婚嫁的神圣光辉也曾无数次在莫老太的梦中闪耀,她知道婚姻对于一个女人的诱惑。如霜对友谊的坚守让莫老太心怀不安,老妇人警告她:世事有因,不要妄自施舍你珍贵的怜悯之心。她觉得老妇人心肠太硬,但过后生活总是用各种各样的事情给予她教训,证明老妇人的断言是正确的。

吃过半碗蒸糯米糕,莫老太开始收拾秋收的工具,最主要是装粮食的缸瓮,要搬出来,把缸瓮底部的残渣清理干净,晾晒干透,不然缸瓮会返潮。早年她和村里庄户一样用竹篾围子装粮食。竹篾围子不那么牢靠,会遭老鼠咬,但透气,粮食不会返潮。村人们养猫灭鼠。莫老太不能养家禽牲畜,在围子下放了捕鼠器。捕鼠器一向是顺义做的,他还会编竹器。在山上弄到几根半枯的藤条,揉揉搓搓,半天就能编出一个镂空枕头,还绞着好看的花纹。他这门无师自通的手艺在晚年帮他挽回了年轻时糟蹋掉的名声,邻居们只要把竹条子送到他家里,嘱咐编织个箩筐簸箕,两天就给你弄好了,还给你送上门。莫老太成为净脸人后,屋里一些需要男人才能做的活儿,如霜总是命令他来做。人诚惶诚恐地来,做好后飞快地回去,生怕被吃了似的。莫老太一度认为这个天不怕地不怕的男人畏惧她那双看过太多垂死生命的眼睛和抚慰过无数逝世灵魂的手。她还是个露水般洁净的姑娘时,他可不是这样的,什么玩笑都能开, 嬉皮笑脸说要让爹妈请媒人上门提亲,娶了莫老太给如霜当嫂子。那时候他已经有了些偷鸡摸狗的行径,声名不好,如霜不干不净骂他一脸。这两兄妹,在莫老太的生命中太特殊了。如霜和她曾在山上幽静之处羞涩地讨论过婚嫁的嫁妆,并偷偷学会刺绣,开始设计枕头套、被套、门帘的图案。她们在集市上买了上好的彩色丝线,并约定出嫁时一定要穿棕色半高跟人造革皮鞋,而不像别的姑娘穿母亲给做的笨重的绣花布鞋。她们的鞋跟踩在石板路上,声音是清脆的,与众不同的。那些一起讨论的时光多么美好,风和阳光柔和地落在姑娘们身上……风和阳光偷听了她们的秘密,最终把一切都带走了。净脸人的岁月充满挣扎,充满孤独,充满酸楚,充满不能自圆其说的裂痕,没人能知道如霜的友谊对于她的意义,每当恐惧袭来,厌倦袭来,至暗袭来,如霜的友谊便像一抹温润的光亮,给她带来无可取代的暖意。老妇人说净脸人不需要友谊,孤独就是她的命运。但她珍视并需要如霜的友谊,她为此充满感恩,直到如霜把生命留在某一个冬天里。

莫老太把一个圆鼓鼓的瓮墩在厨房外的屋檐下,阳光亮得让人眼花,但不是很温暖。季节越往深处走,阳光越变得凉薄。冬天,是万物萧条,也是生命最容易离世的季节,很多年老力衰的人最终把生命留在寒冷的冬天里,也有很多人选择在这个季节缔结姻缘,把希望带进并不遥远的春天里。死亡与希望,一步之遥,很多人却跨越不过去,最终天壤之别。瓮子大概坐在一颗石头上了,她一放手,它便倒了下来,滚到低处的菜埂。她愣了一下,有些生气。往事总是轻易让她陷进去,她始终无法像老妇人那样,把所有的精气神花在迎

103

面而来的每一天。把瓮子从菜埂里搬上来立好，里面长了一层薄薄的白灰尘。必须把这层白灰抹干净并晒透，最容易起潮的就是这层白灰尘了。回到屋里拿了干麻布出来，阳光正好缓缓照进厨房的门，菜地之外的杂草地空荡荡的，那帮混天等死的老家伙们今天一个没来，都在家里磨着门牙吃节日的糕点。

她搬出三个缸瓮，擦干净后晾着，阳光变得暖和了些，白花花的，人晒着，倦意便爬上眼皮。她站在厨房后门，朝厅堂望，从大门那儿透进来的光线照得堂屋亮堂堂的，门口那儿立着一只公鸡，在光亮处羽毛光滑鲜艳。

静悄悄的。这沉静让倦意更浓烈了。搬一个板凳出来，靠在厨房门板上，却不敢闭眼睡去。人老了，睡意少，中午一觉，把夜晚的觉也给睡走了，就得睁眼到天亮。远远的，一声爆响由村庄深处传来,莫老太知道是从村里的庙宇传来。庙宇在村西头,一座用石头砌的矮巴巴的房子,里面窄小,只能放得下一张供桌。莫老太记得那里的一切。在成为净脸人之前,每年大年初一和开山节,她和母亲、妹妹抬着供奉的食物前往那里拜祭,供奉的食物不多,甚至有些简陋,她们从不觉得丢人,供奉的诚意是在心里。那是多少年前的事情了,遥远得就像逝去的前世,她记得每个祭拜的礼节,石头槽里插满点燃的廉价檀香,弥漫的浓烈香火味,以及那些散发朴素香气的食物,如今这些于她已是物是人非……

明亮的阳光忽然黑下来,风也停了。影影绰绰,有一些模糊的影子在莫老太眼前晃动,慢慢清晰起来,还是那些洁净的人脸,不断出现又不断消失,像一个个回放的记忆,莫老太来不及凝视他们。忽然又出现那片莫老太和如霜当姑娘时常常上去挖竹笋的山坡。那片山坡在村庄背面，长满竹子，遍地是裸露的嶙峋石头，能开荒的平地极少，被村民遗弃了。但它并不一无是处，这片不受待见的山坡春天会长出珍珠般洁白圆润的蘑菇和美味的嫩笋尖，闲来无事的年轻人会翻越山头到这片山坡采摘新鲜野味。

山坡清晰出现了，阳光明亮，浓密成荫的竹子、贴着地皮长的洁白蘑菇和破土而出的笋尖，是熟悉的风景，一晃而过，天又突然黑下来，风景不见了。如霜的脸悬在她在眼前，静静瞧着莫老太。她并不常常出现，她们生前形影不离，她离世后她们变得生疏了，像两人之间有无法弥合的隔阂。

"霞光，"她注视她，"让宽恕指引你的心灵！"她愁眉苦脸地说。莫老太沉默不语，一阵风吹来，如霜一晃不见了。莫老太眼帘渐渐明亮起来，是打盹时做的梦。她睁开眼睛,碧绿的菜地铺展在阳光下,菜地之外,一个裹黑棉衣拄拐杖的老人立在那里,两条棉裤裹住的腿弯弯曲曲的,像随时要朝前屈膝跪倒。人影凝固了似的。

阳光亮得刺眼,那人影黑乎乎的,她瞧不清楚是谁。

沉闷的咳嗽声传来,人影晃了晃,送过来他的招呼。

"霞光!"

莫老太猛地站起来,胸口像挨了闷锤,钝钝地疼。她在厨房门口站立片刻,走下菜地田埂,朝黑影走去。

"今天是开山节。"人影说。

"我知道,我从没忘记,"莫老太隔着一小片韭菜目光锐利地注视着人影说,"我记得每一件事情。"

他的脸色黑黄，像蒙着一层干燥的灰尘，土黄色毛线帽檐压在低低的额头上，那双眼睛看人时，目光永远是散着的，你无法捕捉到他的目光落在你身上什么地方，他有一个和如霜一样的方下巴，如今那里的肉松松垮垮的。莫老太见过太多逝者，她知道死亡的阴影是怎样的，它们像一层仁慈的忧伤笼罩在即逝者脸上的某个地方，比如忽然暗下来的额头，比如无色的双唇，比如突然潮红的额骨，比如你颤抖的手指，以及你突然明朗起来的笑容和明显好转的精气神。死神是善于迷惑人的，但它狡猾的影子逃不过莫老太的双眼。

她的目光落在他的脸上，她看见在他的眼睛里盘旋着它的影子。

"你在我的脸上寻找什么？死神？"老家伙看起来混混沌沌，其实不糊涂。

"绿玉说你病了。"莫老太沉着地说。

"那是,孩子们巴不得我早点归西,但你看,我还是能从床上爬起来的,我又让他们失望了。"

"你这样说对绿玉不公平,她是你们家最有良心的人。"

老头的目光骤然聚起来,探究似的注视莫老太,"不知道怎么回事,如霜走了以后,我好像不是她哥了,你走过家门前,连脸都没侧一下,你以前可不是这样的。"他气喘吁吁地嘟哝,蹒跚转身,在那片杂草地上小心坐下来。

"我身上带有晦气,每户人家的门槛都不欢迎我。"莫老太在韭菜前蹲下来,她无法撇下他转身走掉。有一些美好的东西在她的脑海里浮现,它们和那至暗的一刻一样深深印在她的生命里。那是关于童年的,少年的,以及多半的青春时光,她和如霜,以及他的事情。她为那些逝去的时光蹲下她的身子。

"我从来没这么认为。不过,霞光,我并不相信你那一套,等我死了,我不会麻烦你。死了就死了,那把柚子叶和剪刀能给我带来什么? 我是不相信的。"老家伙毫不客气地说,脸上不屑的神情使人想起年轻时候他那些行径。

"我不勉强你,我从不主动上门,那时我不会出现在你的床前的,"莫老太说,她分明看到他眼里的惊慌一闪而过,"除非你来请我。"

老头脱口而出:"我请你,你就会来吗? "

莫老太拨弄韭菜秧子,她的手在韭菜丛里颤抖了一下:"我从来不拒绝每个有求于我的灵魂,即便是有罪的灵魂。"她平静地说。

老头似乎在思索什么,久久不说话,然后挣扎地从草地站起来,招呼也不打,颤颤巍巍地走掉了。莫老太还蹲在原地,她双眼干涩生疼,明亮的阳光成为一把灼灼燃烧的烈火。她已经很久没流泪了,四十几年来,那么多漫长的黑夜啊,像一块巨大的海绵,早就吸干了她的泪水。她揉了揉涩痛的双眼,注视那个远去的黑色背影。

忙碌的秋收正式开始了,今年和往年一样,没有诱人的丰收,但也没有哪一棵庄稼辜负人们的汗水,竭尽全力奉献上自己的果实。村人们在山上忙碌,不断从山上背下金黄的玉米棒子,花生,黄豆,芋头。坎下的玉米秆堆满山地田埂。晒干透后,一把火烧掉,早春的雨水会让这些灰烬渗透进土地里,成为最好的肥料。

莫老太还剩两半缸玉米,赤小豆小半袋。她所剩的粮食一年比一年多了,也许明年可以再少种一点地。去年她给妹妹的儿子背去五十斤玉米,大半袋花生。今年她没种花生。她把玉米和赤小豆整出来,打算叫绿玉拿去喂牲口。今年夏季,绿玉整整忙活了两天,帮她除玉米地的草,她应该有所回报。第一天秋收,莫老太照例等阳光照耀到山梁后才出去。她的地离家不远,是她所有的山地中最平展的两块。其余的山地,她全给乡邻们种了。一路上山,从玉米地深处传出掰断玉米棒子脆生生的声音,人们隐在玉米丛里。她静悄悄朝自己的玉米地走去。爬上家里的地埂时,附近地块的村人还是发现了她。一声呼喊,邻近的玉米地里纷纷走出人来,七八个人,钻进莫老太的玉米地里。她无法拒绝村人的好意,也不应该拒绝。在村人的玉米地里,那些隆出地面的坟墓,里面安息的人多半是在她那双充满善意的手里干干净净离去的。她连地都不用下,不断有过路的村人钻进地里,半天不到,两块玉米地全收完了,玉米秆也全部砍掉晒在地里。十多个人背着剥好的玉米棒子,浩浩荡荡从山上一路下来。

她的秋收只有短短的一天不到。莫老太上了五十岁后，地里的活儿没有哪一件是她一个人完成的。这是这片山的善意，但也并不是说它没有邪恶。

收获的粮食堆满了天井，看着好像比去年多了几背篓。莫老太在每天阳光晒到菜地后那片杂草地时，搬出竹席子铺展在杂草地上，把玉米棒子背出去在竹席上晾晒。这是生活的一部分，她有条不紊地忙碌着。有很多年，莫老太一直把心思全放在她净脸人的身份上，日常的一切，吃的，穿的，欢乐的，悲伤的，全都徘徊在她的生命之外。她只看到一场场亡故，一次次分离，她生活的底色是灰色而忧伤的。

秋收渐渐进入尾声，山上累累的果实收仓后，山空起来。人们在家里收拾从山上运回来的粮食，这是一个家最殷实富有的时刻，玉米棒子和各种杂粮堆满房前屋后,余粮成为主妇们炫耀的资本,扬言家里的缸瓮不够用。

莫老太每天中午坐在晒玉米棒子的席子中搓玉米粒，再也没有一个老人来到杂草地上,新收获的粮食让他们暂时忘记等待,忘记死亡。

第一场初冬的霜冻降临时,莫老太在屋后的菜园里迎来了噩耗,老妇人离世了,她自己完成了在人间最后的洗礼,净脸,独自面对和吞咽死亡。莫老太没去参加葬礼,这是不允许的。净脸人的一生见过太多的死亡,却不曾参加过一场葬礼。她什么都不能为她做。

夜暗下来了,夜已经开始有刺骨的凉意。没有什么菜,只是一壶暖酒。炉子里的火并不太旺,莫老太灭掉灯火,淡淡的暗红色炉火映出一片微明。渐渐微醺后,她背靠在温暖的、用红泥巴砌起来的高高的火炉上。没有谁来到她的眼前,炉火完全熄灭后，她喝下最后一口酒，直到温暖的炉身完全冷却，她依然等不到那张盼望的脸。她不确定是否能等得到她，毕竟她的双手没给她带去最后的抚慰。

她恍恍惚惚站起来，拉开厨房后门，饱含水汽的冷空气扑面而来。没有一丝光亮，黑色的深邃夜空没有星光。

"大姐……"莫老太如梦般默念一声，悲伤如同夜的黑暗一样浓稠。

五

　　古老的风从屋顶上刮过,夜越深,刮得越猛烈。那些轻飘飘的物件,在风中弄出各种各样的声响,这些声音让夜变得更深沉,像坠入无底的深渊。总是做梦,妹妹如霜站在他面前沉默不语,那双眼睛充满愁苦,而她还活着的时候,用另外一种方式折磨他:眼泪。他眼睁睁看着她从姑娘变成一个干瘪的老太婆。老年的如霜泪水渐渐少了,眼里却多了怨恨。她不再流泪,拿充满怨恨的目光瞧他,让他没有哪天得以安生。一辈子啊,她就那样拿一辈子谴责他,惩罚他,虽然她一直在照顾他。她死后,他以为可以安生几天了,她却不依不饶,来到他的梦中。他当然明白她的想法:承认罪孽并忏悔。

她越来越频繁地出现在他的梦中,爹妈都没那么关照他,二老死了多年,每年三月三他到双亲坟前,烧一箩筐纸钱,拜也拜了,跪也跪了,二老连半张脸都没在他的梦中露过,像不曾有过他这个儿子。他很委屈,父母死时,他用的可是上好的棺木,道场也做了,尽了孝心的。他深信父母如若出现在他的梦中,总该会给他一言半语,他们不会这么眼睁睁地看着自己的儿子活受罪,虽然他罪有应得。可二老偏不露面,消失得干干净净。而他多少有些忌惮的如霜却像追魂鬼一样,死了也不让他安生。

辗转着,身上每一根骨头都疼,屋顶上的风跑得像厉鬼。他已经好几天没睡过一个安稳觉了,肚子硬邦邦的,像里头装满了石头。儿媳妇每天给他端来稀烂的粥,他勉强喝两口。屋子里堆满新收下来的粮食,他的鼻子似乎失灵了,再也闻不到谷物的香味。他想念儿子，那个没良心的浪子已经几个月不沾家了，似乎眼里也没他这个爹。这么想，他伤心起来，二老不要他，儿子也不要他了，如霜又那么怨恨他。他又想到老伴，那个右眼底下有颗黑痣的女人，像木头一样沉闷，一辈子也没过一天好日子。年轻时他也像儿子那样，整天四乡八里转悠，心思完全不在山上那几块薄地上。女人是怨恨他的，这一点他心知肚明，她不可能出现在他梦中了，说不定也怨恨被埋进他们老覃家的地里，死了也要成为他们家的鬼。

他成了一个没人要的人。

风似乎小了点，跑过屋顶的脚步轻了不少，一些细小的风钻进瓦缝里，弄出像从遥远的地方传来的哨声，一阵紧一阵缓的。脑子里一宿杂七杂八的念头，终于被夜风吹散了。挪了一下冰凉的腰腿，睡意迷糊而来。他不想睡去，梦中如霜那双眼睛比任何噩梦更让他惧怕和痛恨。他坚持了一会儿，眼皮上像坠着石头，终于沉沉合上了。

又到这面山。

根本没什么上山的路，能插得下脚的地方就是路，他熟悉这个村庄背后的山。山的正面是生生不息的村庄，人，牲口，田地，水，而背面荒凉沉寂，要过午后，阳光才能斜斜照耀下来，坡体缓长，长满浓密的竹子。暮春和整个夏季，雨水过后，从厚厚的竹叶下钻出珍珠般的蘑菇和美味的嫩笋。村人们翻越山头，来到山的背面收获大自然馈赠的美味。那时候的人们不像现在连老鼠都吃，村人们说这座山上有狼，有熊，但从没人在这座密不透风的山上碰见过比野鸡更大的兽。

野鸡他是见过的。他当然也会来这面山，通常是一个人来，不喜欢结伴，腰间绑上柴刀楔子，一个人遁入浓密的竹林里。他喜欢在林子里转悠，慢慢朝山顶往上走。竹林里安静，并不是说没有声音，有清脆的鸟鸣，类似于人踩在厚实的竹叶上发出的沉闷的脚步声，有什么东西从高处坠落到潮湿地面上时噗的声响，这些声音让阔大的竹林显得更幽静了。午后的阳光从浓密的竹叶穿过，嫩嫩地洒落到地上，微风拂来，竹叶沙沙响。待在这面山上，你会忘记另一面山热气腾腾的生活。

他从来没想过山外的世界，他的父辈，祖父辈，未曾谋面的祖先辈，像山里的一块块石头，一辈子待在山里，他将毫无例外延续这种生存状态。命运对他没什么特别厚爱之处，也没特别亏待他。当然，这并不是说他没有任何愿望，他当然有。他比如霜和霞光大六岁，当某天霞光像刚拱出地面的嫩笋般清新地站在他面前时，他发现她长成了他喜欢的样子。

没有任何悬念和机遇改变一切,山里人的情愫朴实而隐晦。他压抑下暗生的情愫,家里为他算过生辰八字,他是个晚婚的人,而她按照风俗已经有了婚约。他只能倾听她的脚步声在他家门前响起,她和妹妹窃窃私语的声音和忽然的掩面一笑。

一些纷乱的画面不断晃过,早春的风,初夏的雨,深秋的橙黄和隆冬的萧索……霞光仰面躺在厚厚的竹叶上,脸上盖一顶斗笠,一只手搭在胸口上,脱下的布鞋摆放在裸露的双脚边,像是睡着了。他感到新奇,在竹丛后朝她扔了块石头,石头闷闷落在她身边的竹叶上,她仍然一动不动。四周静悄悄的,听不到任何声响。他觉得妹妹应该也在竹林里,她们一向形影不离。他在竹丛后静静瞧着躺在竹叶上的霞光,目光落在她两只裸露的脚踝上。它们圆润,结实,呈淡淡的棕色,像蜜一样吸引他。

恶是如何在一念之间产生的?还是它原本一直像血液一样潜伏在生命里?心里像有一头万恶的兽在驱使,他朝睡梦中的人走过去,蹲下,慢慢揭开她脸上的斗笠。她动了一下,他出手了,朝她的头来了一下,她连哼都来不及哼一声,便像重新进入睡眠,悄无声息。

他很狼狈,心中的恐惧和恶念交织在一起,他想就此罢手,什么事情都还未曾发生。但那只万恶的兽驱使他伸出邪恶的手,抚摸她裸露的脚踝,抚摸毫无知觉的脸庞,拈掉落在细腻脖颈上的黑发……

他慌里慌张,像个喝醉的人连滚带爬地下山。那么庞大的一面山坡,那么深阔的一片竹林,那么多可以下山的方向,他却在下山的途中遇见返家拿锄头回来的妹妹,他狂乱的眼神和脸上疯子似的表情让妹妹感到诧异。一切都像是魔鬼安排好的悲剧。

天光一炸,一片白得耀眼的亮光刺破了梦中的惊惶,他带着深重的惊惧从梦中醒来,感觉到下身一片湿冷,哆哆嗦嗦地往身下摸去,摸到一片潮湿。他呜咽起来。老头临死前也是这样,失禁了。半晌,有些不甘心,他扶着床沿慢慢探起半身,靠在床头上。喉咙里费劲地扯着气,喘不上来,像有一团茅草堵在那里。他朝床边慢慢挪,把半身探出床外。像突然脑袋被人挥了一拳,眩晕感猛烈袭来,身子一空,一头栽下床。

离黎明尚早,夜风依然在吹。

夜风从屋顶上吹过的声音, 她再熟悉不过了。在她的一生中,黑夜和白天一样,她的睡眠极少,打个盹就可以支撑起一天的精气神。她倾听黑夜里各种声音,几乎从未错过每一场深夜降临的雨水和屋顶上刮过的风，季节交替的脚步声也清晰入耳。她对那场劫难没有任何印象和知觉，很少有关于它的梦。这是命运对她的一点眷顾吗？不得而知。

又一个冬天来临，生命面临寒冬总是格外脆弱。她在夜里小心抚摸自己身上的每块骨头，感知每一寸肌肤温度的细微变化：尽管才六十八岁，但她必须有所准备。净脸人的丧事可以免去很多不必要的俗礼。她们的丧礼没有哭声，没有杀生，没有荤腥，没有香烛纸钱，装殓她们肉身的棺木是素色的，只需要一些给至亲披裹的白色麻布就可以。过了六十一岁后，妹妹帮她准备了一匹自织的白麻布，存放在衣柜的一角。每年夏季，她会拿出来晒在从天井遗漏下来的阳光下，晒掉时光落在上面的味道。这些本该是由后辈准备的，而她必须亲自动手。她镇定自若地为这些身后之事忙碌，像忙碌一件日常琐事。

那匹白布就待在床头衣柜里，她在等待时间，而它在等待她，她们在共同的等待里有一种隐秘的亲近。

她还在等待一场忏悔。

睡意终于在风缓慢下来时来临，寒意渐浓了，她最后拉紧粗厚的棉被，恍恍惚惚要沉入睡眠时，急促的拍门声令人心惊肉跳地响起。莫老太的身体在被子里一阵哆嗦，绷紧了。上了年岁后，她开始担心夜晚的门被拍响。没有比在黑暗无边的夜里奔赴一场死亡之约更令人沮丧的事情了。

"太婆……"隔着厚实的门板和几面墙壁，莫老太听出是绿玉惊慌的声音，马上想到生命垂危的是谁。她在黑暗中使劲闭上双眼，眼睛干涩疼痛，胸口剧烈起伏起来。

"太婆……快开门！"已经是呜咽声了，莫老太亮灯披衣起床。

绿玉披头散发，裹着一身寒气。风沿着门缝涌进屋里，莫老太感到两个膝盖一阵寒凉。

"太婆，我公公快不行了，您赶紧去看看。"屋外的人满脸惊惧，莫老太把她拉进屋里，掩上门。

"人怎么样，还能说话吗？"

"还能说话，一直喘气。"

"是他叫你来的？"她盯着绿玉问道。

"不是……他什么都没说，但我想他肯定希望您来。"绿玉犹豫起来，

"我不能去。"莫老太一口回绝了。

"太婆……"绿玉哭起来。

"他还能说话，但没叫我，我就不能去，这是我们这一行的规矩。"莫老太望着绿玉灯下闪闪发亮的泪水温和地说。

"可是，他看起来很不好。"绿玉说。

"回去吧，总之我不能去。"莫老太说，"他需要什么就给他，别缺了他的吃喝。"

"您跟我去看看吧。"绿玉坚持，捉住莫老太的胳膊，"家里只有我……"她哀求，莫老太在她的脸上看到了她对死亡的惊惧。

冬天的寒意在村庄的深夜里弥漫，风在脚下打着旋，一些细碎的东西贴着地面低低飞旋。两个人的脚步声在古老的村庄里沉闷响着。在莫老太的一生中，这样的深夜出行并不少见，有时候甚至风雨交加，风和雨水打着披在身上的雨具，来请的人在前面引路，极尽周到，然而她还是觉得所要赶的夜路和即逝者所面临的去路一样，充满泥泞和黑暗。她当然还记得那些在暗夜路上流过的泪水和心如死灰的时刻。

屋里亮着灯火，他躺在厚重的棉被之下，枕

头上的脸笼罩着令人不安的宁静神色。

莫老太在床前的凳子上坐下,盯着埋在枕头上的那张脸。她看到了熟悉的阴影。

"鸡叫了?"良久,床上的人微弱吐出一句,显然没看清坐在眼前的人。

"不,还要再过一会儿。"莫老太沉静地回答。鸡叫过后,新的一天来临,阳气生发,生命会获得新的元气,她知道他在盼望阴气深重的寒夜快点过去。枕头上的那张脸一直没离开她的视线,她知道为时不多了。判断一个垂危生命的余光,她从未出错。

床上的人盯着说话的人,良久,眼帘慢慢睁开,像费了很大的劲。

"我并没请你来。"他说,手从被子里伸出来,捉住被子宽大的边角。

"我只是来看你,什么都不做。"莫老太说,

"你感觉怎么样？"

他喘着气，一声不吭盯着坐在面前的人。两个人都不说话，好像陷入某种共同的回忆里。

"我很好。"良久，他喘着气说，突然像遭遇了巨大的惊吓，在被子里剧烈地打了一个寒战，这几乎要了他的命，他喘得更费劲了。

绿玉在莫老太身后惊叫起来，莫老太示意她换掉他身上厚重的被子，找一张轻薄点的盖上。

"太婆，现在非常冷。"绿玉说。

"他已经感觉不到冷了，这床被子只会让他觉得更不舒服，像一座大山一样压着他。"

绿玉转出去，抱来一床秋天的薄被。

"我是不是该准备点什么？"换好被子，绿玉悄声问莫老太。莫老太轻轻摇头。准备后事不是她该操心的事情，而眼前的人并没开口要求她净脸。她只是陪伴，陪伴绿玉，或者是已死去的如霜的友谊,而绝非眼前的垂危病人。

盖上薄被后,床上的人似乎觉得轻松了些,睁着一双疲惫的眼睛,嘴巴微微张着,他企图合上,然而那两片乌黑的嘴唇似乎不再归属于他,不由自主地,又张开了。

…………

这张脸已经完全变形,再也看不到它年轻时的任何影子,这张正在渐渐失去生命活力的脸孔让莫老太想起童年以及青年时代一些譬如山上四月的野李花那样洁白而美好的事情。而在如霜去世之前,这些往事是她灰暗生命里的一豆灯火。她记得有一年初春,他在村庄背面那面山上的竹林里发现一窝蜜蜂,兴奋地领着两个豆蔻年华的女孩钻进竹林,扬言要让两个没见过世面的女孩尝一尝世界上最美味的糖浆。那时候的他们粗布麻衣,如花的年华和扬在脸上的笑容是他们唯一的装饰品，他们如山上的草木般淳朴灵秀，没有任何不切实际的想法，山里明亮的阳光就是他们最好的礼物。女孩们用陈旧废弃的衣物帮他包裹住裸露的肌肤，用旧袜子套住他的双手，手指从戳破的小洞里伸出来，成为一副样子糟糕的手套。一件旧衬衫结结实实裹住他的头部，两只袖子在下巴处打结，眼睛部位也戳两个破洞，露出两只带着些许邪笑的眼睛。他的样子令女孩们快活了很多个日子。他小心翼翼爬上竹丛，靠近那窝蜜蜂。一只不知为什么死在竹子上的老鼠被他扔下来。女孩们尖叫起来，诅咒他在上面碰上蛇，被蜜蜂蜇。他哈哈大笑，那些被惊吓的蜜蜂飞出来，雨点似的包裹住他，女孩们在竹子下幸灾乐祸，给他送上各种充满恶意的祝福。那时候，人间的一切不幸，包括死亡，和他们遥不可及。他在树上烧了一把火，浓浓的烟雾把那些蜜蜂熏跑了,他端着整个蜂窝下来,眼皮上被蜇出两个大红包。两个女孩第一次见到蜂蜜,褐色黏稠的透明液体拉成长长的丝线,散发出甜蜜的芬芳气息。他说得没错,那是两个女孩一生里吃到的最甜蜜的糖浆,她们连蜂房也吃掉了。那片竹林,有太多美好的记忆,无法否认它们曾经发生过。

....

病人沉重的喘息渐渐平缓下来,似乎最危险的那一刻过去了,绿玉轻轻触碰莫老太的肩膀,莫老太却从病人的脸上看到越来越浓重的死亡阴影。他缓缓睁开眼睛,似乎从一场漫长而疲惫的沉睡中醒来,事实上只是过了一会儿。

他紧紧盯着莫老太,眼神看起来是模糊的,他疲惫地眨了一下眼皮,艰难地吞咽起来。

"你去歇一会儿吧,绿玉,你去歇歇,这儿有我,有事情我会叫你的。"莫老太目不转睛地盯着床上的病人,轻声对身边的绿玉说。

绿玉犹豫着，觉得这时候抽身出去会很失礼。

"没事的,孩子,我和你公公、大姑就像三兄妹一样一起长大,我们一起经历了很多你不知道的事情。"莫老太依然盯着病人。

"太麻烦太婆了。"绿玉在她身后稍微站了一会儿,轻轻打一个哈欠,转身出去了。她太累了。

他们就这样相互对望,深夜的冷空气在他们之间弥漫,屋顶的风也还在刮,这样的风只能在黎明到来时才会消停。谁都不说什么。沉默。其实莫老太并不确定此刻床上的人是否还能说得出话。她在等待。她得承认她在等待,自从如霜去世后,她就一直活在等待里。也许这是最后的机会了。

他闭上双眼,好像累了,然后又睁开。

"你知道吗,霞光?"他艰难地嚅动嘴唇,但吐出的话还算清楚,"我这段时间,一闭上眼睛就梦见我们年轻时候的事情,我从来没做过那么多梦,闭上眼睛梦就来了,有时候甚至都不用睡过去,它们就在眼前晃。这些梦总让我以为自己还能活很久,但我知道时间不多了,一个人不知道生,但知道死,总会有很多暗示的……你会想起我们年轻时候的事情吗?"

他盯着她。

她轻轻点点头,不得不承认。事实上她确实也常常回忆那些事情。

"你都想起些什么?我想听你说说。"似乎是想证实她是不是在敷衍他,他变得执拗起来。

"很多,"莫老太说,她无法拒绝一个垂危生命的请求。她望向靠床的那面墙壁,那上面镶嵌着一面小小的圆镜子,镜面乌蒙蒙的。这是风俗,每个房间都得有一件辟邪的东西,镜子、剪刀,或者一张画符。她盯着那面镜子,沉浸在回忆里。

"春天拾野蘑菇,夏天摘桑葚,秋天挖野山药,冬天垒窑子烤红薯。"她冷静地说。

枕头上的脸挪开一个模糊的笑容。"我以为你什么都忘记了,我这些年老生病,不瞒你说,这些事情,是我在床上想得最多的事情,有时候我觉得它们能给我这把老骨头一点力气,真奇怪,"他说,"你还记得些什么?"

"我还记得如霜为我做的每一件事情。"莫老太说,目光最终落在他的脸上。

床上的人沉默了,慢慢闭上双眼,微弱的呼吸在他的胸口上微微起伏。然后他又睁开眼睛:"没想到她走在我前头了,"他说,"这个狠心肠的女人。"

"我倒觉得她解脱了,有些人活着是在受罪,不仅担自己的罪过,还替别人担罪过。"莫老太说。她眼看着他越来越累,他又闭上眼睛,慢慢的,呼吸又重起来,喉咙里一阵咕噜响,似乎那里有一口气上不来。她知道他喘不上气了。她站起来,掀开他胸口上的薄被子。好一阵子,粗重的喘气才又慢慢平复,像缓过一口气。他显得更疲惫了,灰暗的额头上渗出一层细密的汗水,在灯光下闪闪发亮。莫老太从床头那里扯下一条干毛巾,轻轻印在他的额头上,吸干上面的汗水。

"她……能受什么罪,一个老姑娘,没有比她更自在的了。"莫老太以为他会承认点什么,他却用最后一口气虚弱地反驳。她的眼神一下子黯淡起来。她知道,她等不到了,假如他不主动说,她是不会逼迫他说的。逼迫一个即将熄灭生命之火的人承认罪过并忏悔,那也是一种罪过。她心里升起一股绝望,宁愿如霜去世前什么都不曾和她说过，那样她会带着一个悬而未决的谜离开人世，她一生的怨恨将会全部落在虚无的空里。

他忽然笑了起来，像一个无辜的人，然后慢慢闭上双眼，从微微张开的双唇间长长吁出一口气，放在被子边上的手轻微痉挛起来，手指一根根张开，似乎要抓住什么东西。她看着他，他已经进入弥留之际，微微张开的双唇张得更大了，那口长吁的气渐渐弱了下来。

她伸出手，摸索着握住那只摊在床边的手，手温软，但对她的碰触已经无法做出任何反应了。

她一直忙到天色微明。走出亡者的家门时，清晨的冷空气扑面而来，莫老太打了一个寒战，裹紧身上深灰色的棉衣，袖着手。双肩耷拉着，灰白的头发从暗褐色的毛线帽下露出来，有几缕发丝在晨风里轻微飘扬。一夜未眠，深沉的疲惫像一件厚重的衣服罩在她的身上,使她的脚步变得沉缓而迟钝。村路上静悄悄的,村人们还没从冬夜里彻底醒来,一座座古老的房屋像陷落在时间深处。莫老太安静地走着,有雾,轻纱一样落在村庄各个角落里。

她脚步毫不迟疑地向前走着,内心的疼痛如此鲜明,它清晰得可以触摸到。这疼痛像是一个看得见的圈套,然而你却无处可逃,只能任由它慢慢宰割。莫老太轻声叹息,从袖套里抽出手,两只手相互抚摸起来,像是在相互彼此安慰。清晨的冷风吹过它们,那上面的生茶油还是湿润的。这一生的疼痛不会轻易消散了,它没有得到应得的忏悔,但必须接受,因为这也是生活的一部分。她默默地想,带着疲惫穿过清晨。